좋은 것들은
이토록
시시콜콜

좋은 것들은
이토록
시시콜콜

계절
일기

Spring

좋은 것들은 이토록 시시콜콜

(#빈티지재킷 #헌책방 #고양이 #하이볼 #필름카메라)

이소호 외 지음

타이피스트

차례

일기를 펼치며   / 0 0 9

(이소호)

(배동훈)

일기를 펼치며

일기장의 첫 줄은 언제나 날짜와 날씨의 몫이다. 빈 종이 위에 날짜를 적고, 그 옆에 '맑음'이나 '흐림' 같은 단어를 적어 넣는 일. 일기를 쓸 때마다 반복하는 이 습관 앞에서 문득 펜을 멈춘다. 그러고 잠시 '일기'라는 말을 입안에서 가만히 굴려 본다. 이 짧은 단어 안에는 그동안 미처 생각지 못했던, 일기를 일기로 만드는 여러 표정이 숨어 있다.

날마다 적는 일기는 그날의 공기와 마음의 날씨인 일기(日氣)를 담는 그릇이다. 밤마다 단숨에

써 내려가는 일기(一氣)의 기록이자, 오늘이라는 시간에 세우는 작은 기념비 하나(一基)이기도 하다. 그렇게 생의 한 시절, 즉 일기(一期)를 건너며 남기는 이 흔적들은 결국 우리가 하루하루 쌓아 올린 삶의 두께이고, 거기에 우뚝한 마음의 탑이 된다.

　여기, 스물두 사람이 각자의 방에서 기록한 봄이 도착했다. 이들이 쌓은 이 탑의 재료는 매끈하기만 한 대리석이 아니다. 낡은 재킷의 보풀, 떼어 내도 끈적하게 남는 스티커 자국, 귤껍질 안쪽에 붙어 있는 귤락 같은 '시시콜콜한 것들'이다. 책장을 한 장 두 장 넘기다 보면, 우리가 무심코 지나쳤던 이 시시콜콜함이 실은 삶의 슬픔을 견디게 하는 가장 강력하고 다정한 방패라는 생각이 든다. 우리는 이 책을 통해 봄이라는 계절을 만끽하고, 더불어 무언가를 가만히 들여다보는 '봄(seeing)'을 경험하게 된다. 흐르는 계절을 보고, 흔들리는 마음을 보고, 타인의 일기장 너머로 나를 본다. 그것은 누군가의 봄을 엿보는 일이자, 당신의 봄을 마주하는 '바라봄'이 된다. 잠시 숨을 고르고 띄어 읽으면 '바라, 봄', 즉 우리 곁에 더 따뜻한 봄이 오기를 바라는 기도가 되기도 할 테다.

공교롭게도 일기는 '읽기'와 발음도 비슷하다. 우리가 쓴 일기가 당신의 읽기로 이어지는 순간, 이 사소하고 사적인 기록들은 비로소 완성된다.

혼자 하는 말놀이로 풀어 낸 이 글처럼, 일기란 결국 마음 가는 대로 뜻 닿는 대로 쓰고 읽으면 그만 아닐까. 정해진 형식도, 정답도 없이. 그저 자유롭게 펼쳐 주시기를 바란다. 남의 일기장을 훔쳐보는 짜릿한 즐거움 끝에, 부디 당신만의 봄을 발견하시기를.

이토록 시시콜콜하고, 좋은 것들이 가득한 봄날에.

2026년 3월

편집부

(이소호)

시집 『캣콜링』 『불온하고 불완전한 편지』
『홈 스위트 홈』, 소설 『나의 미치광이 이웃』 등이 있다.
반려견 '이리'와 함께 집을 지키는 중.

때는 내가 아무 문장도 쓰고 있지 않았을 때였다. 당시 나는 아주 긴 소설을 넘긴 뒤였고 출간을 기다리고 있었다. 세상에 밤과 낮만 있는 세상이 있다면 나는 아주 외로웠을 테지. 거기서부터 시작된 그 이야기는 3일 만에 쓰여졌고 이제 막 그 슬픔이 다른 사람들에게 읽히기 시작했을 그 무렵 너를 만났다. 너는 경리단길의 골목에 사는 아주 외로운 사람이었다. 얼마나 시간이 지났을지 모르게 우리는 제임슨을 들이부었고, 외로움이라는 거대한 논제 앞에 우리가 아무런 결론을 내리지 못했을 때 우리는 2차를 가기 위해 집 밖으로 나섰다. 창밖에는 3월이라고는 믿을 수 없는 함박눈이 내리기 시작했고 우리는 신나게 마당 앞에 발자국을 찍으며 발자국 위에 또 발자국을 찍으며 이 순간이 너무 비현실적이라고 그래서 영원히 잊지 못할 것 같다고 이야기했다. 그는 한 가지 이야기를 시작했다. 자신은 세계 유수 대학의 미학과를 나왔고, 미술 큐레이팅 일을 하다가 지금은 잠시 쉬고 있다고. 엉성한 그의 이야기는 면밀하게 직조되지 못해 금방 눈치챌 수 있었지만 모른 척 눈을 감았다. 세계관은 엉망이었고 인물은 불분명했다. 결말을 알고 싶지 않았다. 이 이야기가 너무 재미있어서 끝나지 않았으면 좋겠다고 생각했다. 다만 마침표는 내가 찍게 해줬으면 좋겠다고 생각했다. 그는 들킨 줄도 모르고 계속해서 이야기를 이어 나갔다. 두 번째 제임슨을 다 비웠을 때, 그러니까 그의 겨울 코트를 빌려 입고 봄에서 다시 거꾸로 거슬러 올라가 봄으로 가는 길이었을 거다. 나는 다시 한번 그를 읽었다. 역시나 그는 명백히 빈 문서였다. 그는 깜빡이는 커서였고. 그는 그래서 무엇이든 될 수 있는 사람이었다. 사람들은 믿을까 거짓말을 말하는 사람한테 거짓말임을 알고 빠져드는 그 이유를 사람들은 이해해 줄까? 하긴 어쩌면 나는 이미 이 이야기의 결말을 잘 아는 사람 중 하나일 거다. 모두가 내 글을 읽고 믿고 속는다. 속기로 독자 스스로 결정

한 순간 그것은 사기죄가 성립하지 않는다. 이소
호의 모든 이야기는 거기서부터 시작했기 때문에
그래서 나에게 그가 거짓말을 남발한다는 사실은
하나도 중요하지 않았다. 나는 그가 열어 둔 창을
닫기로 했다. 아무것도 쓰지 않고 내버려두기로
했다. 나에게 그를 탐독한 3월은 이 함박눈 같은
믿을 수 없는 것이었다. 그것으로 충분했다. 너를
만났고, 너라는 사람에 대해 다 알고도 단 하나도
몰랐다. 그날 나는 그냥 그 거짓말을 믿기로 했다.
망할 줄 알면서도.

　세상이 이렇게 회색일 수 있을까? 시애틀에 처음 도착한 날 나는 그렇게 생각했다. 세상은 우중충했고, 끊임없이 비가 쏟아지고 있었다. 역시 미드는 고증을 잘한다. 미국 드라마에서 나오는 시애틀은 늘 비가 왔다. 그리고 역시나 나는 시차와 불안의 여파로 잠들지 못했다. 사람들은 '인종차별'하는 자기 자신을 경계하고 있으므로 겉으로는 친절했지만, 긴 이야기는 나누지 않았다. 물론 나의 영어 실력 탓도 있었겠지만, 둥근 테이블에 외국인들과 앉아서 같은 알파벳을 쓰면서 다른 언어를 사용하는 친구들끼리 더 쉽게 빨리 친해졌고, 가나다라 이경진은 항상 이방인 중의 변방인이었다. 나는 미국에 오고 싶지 않았다. 어릴 때 미국으로 이민을 간 할아버지의 영향 때문에 늘 슬픈 이야기를 듣고 자랐다. 코리안 아메리칸의 고단한 삶에 대해 나는 편지로 배웠다. 다만, 그럼에도 불구하고 유학을 오게 된 것은 오롯

이 부모님 때문이었다. 작가가 되려면 경험이 필요하다고 나를 낯선 땅덩이에 프리페이드폰도 주지 않고 보냈다. 그 때문에 나는 〈무한도전〉도 볼 수 없었고, 한국 노래를 듣는 것은 인내심이 필요했고, 한국에 전화하려면 인도인이나 아랍인이 운영하는 델리로 가야만 했다. 그날 밤 나는 아주 오랜만에 소중히 가져간 시집을 펼치고 처음으로 이방인이라는 단어를 생각했다. 이방인. 다른 나라에 사는 사람. 속하지 못하는 사람. 영어를 완벽하게 하지 못하는 사람. 자기 이름조차 제대로 발음되지 않는 사람. 스타벅스에서 주문할 때 "Kyungjin"*이라고 말하면 그들은 못 알아들었다. "Spell it"이라고 했다. 나는 철자를 말했다. K-Y-U-N-G-J-I-N. 그들은 컵에 썼다. 그러나 늘 틀렸다. "Kyung Jin", "Kyeong Jin", "Kung Jin". 나는 그것을 받아 들고 이름을 줄였다. "just call me jin" 그리고 뭐든 괜찮다고 했다. 그러나 괜찮지

---

* 개명 전 이름.

않았다. 여기서는 내 이름조차 낯설었다. 합의가 필요했다. 아마도 그때 이미 눈치챘을지도 모를 일이다. 이것이 내가 앞으로 써야 할 것이라는 걸. 이방인에 대해. 이름을 잃어버린 사람에 대해. 언어를 잃어버린 사람에 대해. 나는 노트를 펼쳤다. 첫 줄을 썼다. "아이 돈 노 잉글리쉬 베리 웰." 한국 교과서에서 배운 대로 최대한 정중하게. 그것이 내가 시애틀에서 쓴 첫 문장이었다. 우스꽝스러웠지만 진심이었다. 나는 영어를 몰랐다. 정확히는 영어를 알았지만 완벽하지 않았다. 반만 알아들었기 때문에 더 불행했다. 반반이 아름다운 건 치킨뿐이다. 사이의 절임무 같은 숨겨진 뜻 같은 것은 나에게 사치였다. 모든 말에는 최대한 오해를 줄이기 위해 쏘리나 익스큐즈미를 플리즈를 붙여야 했다. 그래야만 조금이라도 내 말에 귀를 기울여 준다. 그들의 빠른 연음 사이에 있는 영어는 나에게는 다 흘림이다. 오늘도 나는 울면서 외쳤다 슬로울리 플리즈 슬로울리 플리즈.

새 학기가 되면 아버지는 예민해진다. 선생님이니까. 아침 일찍 일어나 고어텍스 점퍼를 입는다. 지리 선생님이라 늘 고어텍스만 입는다. 겨울에도 고어텍스, 여름에도 고어텍스. 산인지 학교인지 모를 곳으로 향한다. 집도 산이다. 거실은 3,000미터 고도, 내 방은 4,000미터다. 아버지는 매일 등정한다. 현관문이 닫히는 소리가 유난히 크다. 우리는 알았다. 3월이 왔다는 것을. 새 학기가 시작되었다는 것을. 아버지가 다시 정상을 향해 출발했다는 것을.

엄마는 밭으로 나갔다. 평소보다 일찍, 평소보다 조용히. 엄마는 삽을 들고 우리를 흙째 떠 깨웠다. 3월은 농번기다. 씨앗을 뿌려야 한다. 물을 줘야 한다. 거름을 줘야 한다. 우리는 작물이다. 엄마는 물었다. 싹이 텄니. 나는 고개를 끄덕였다. 엄마는 다시 물었다. 뿌리가 내렸니. 나는 또 끄덕였다. 엄마는 안심했다. 올해도 풍작이다. 그러나 엄마는 몰랐다. 나는 이미 잡초였다는 것을.

학교에서 돌아왔을 때 아버지는 이미 집에 와 있었다. 거실 테이블에 앉아 있었다. 경건하게 하산 중이었다. 서류를 보고 있었다. 학생 명단이었을까, 지도였을까. 아버지는 지형을 파악하고 있었다. 나는 조용히 방으로 들어갔다. 가방을 내려놓고 교복을 벗었다. 그때 아버지가 불렀다. 이리 와봐. 나는 3,000미터, 베이스캠프로 내려갔다.

오늘 첫날이었어 어땠니. 나는 대답했다. 괜찮았어요. 아버지는 물었다. 선생님들 인사 잘 드렸니. 나는 대답했다. 네. 아버지는 물었다. 친구들이랑 잘 지낼 수 있겠니. 나는 대답했다. 네. 아버지는 말했다. 너는 선생님 자식이야. 알지. 나는 고개를 끄덕였다. 네. 선생님 자식. 선생님 자식은 모범생이어야 한다. 선생님 자식은 조용해야 한다. 선생님 자식은 실수하면 안 된다. 선생님 자식은 정상에 올라야 한다. 그러나 나는 베이스캠프에서 굳었다. 엄동설한에 잘못 깨운 개구리처럼. 이어 아버지는 말했다. 올해는 3학년 담임이야. 수험생들이라서 신경 쓸 게 많아. 엄마는 고개를 끄덕였다. 수확기가 다가온다. 아버지는 말했다. 너도 조심해야 해. 내가 학교에서 어떻게 행동하는지 다 선생님들이 본다는 거 알지. 나는 고개를 끄덕였다. 네. 아버지는 다시 말했다. 선생님 자식이라고 더 엄격하게 보는 사람들도 있어. 나는 대답했다. 네. 네. 네.

밤, 나는 일기장을 펼쳤다. 오늘 날짜를 썼다. 3월 2일. 그러나 무엇을 써야 할지 몰랐다. 새 학기가 시작되었다고 쓸까. 아버지가 등정했다고 쓸까. 엄마가 밭을 갈았다고 쓸까. 나는 한참 고민하다가 한 줄만 썼다. 새 학기가 되면 아버지는 예민해진다. 선생님이니까. 그리고 일기장을 덮었다. 내일도 아버지는 고어텍스를 입겠지. 내일도 엄마는 삽을 들겠지. 내일도 나는 얼어 있겠지.

(배동훈)

퇴근하고 시를 읽었습니다.

이제 시를 읽고 퇴근합니다.

인스타그램에서 한국 시를 소개하는

일을 하고 있습니다. (@poemmag)

봄에 걷기 시작하면 끝이 없다. 봄의 풍경은 늘 생경하고, 언제 겨울을 견뎠냐는 듯 뻔뻔하다. 한 번도 앙상했던 적이 없는 것처럼, 혼자의 기억을 전부 흔쾌히 잊은 것인지. 그렇게 쉽게 무언가를 잃어도 괜찮은지 묻지만, 봄은 답 대신 끝없는 산책길을 마련한다.

잘 풀리는 신발 끈을 샀다. 내 의지와 상관없이 자주 멈추고 싶어서. 친구는 재택근무를 할 때 무작위로 재생되는 노크 소리 영상을 틀어 놓는다고 했다. 집중하지 못할 때 누군가 자신을 감시해 줬으면 한다고. 노크 소리에 정신을 차리고, 강제로라도 딴짓을 멈춰야 한다며. 헐렁한 신발 끈을 구매한 것도 아마 비슷한 종류의 마음일 거야. 그렇지? 봄에는 아무리 걸어도 끝이 없으니까. 내가 놓치는 풍경이 없도록 종종 멈춰서야 할 거야.

1년 만에 간 책방에서 주인아주머니가 날 알아보시고 말을 건넨다.

"무슨 일 생긴 줄 알았어요."

그렇네. 지루한 일들, 막중한 일들, 대단한 일들 뒤로하고 다시 책방에 돌아왔네. 그사이에 겨울, 봄, 여름, 가을, 그리고 한 번의 겨울이 더 지났네. 분명 사수는 모든 일이 다 중요한 일이라 했는데. 팀장님은 오래 버티는 게 요건이라 했는데. 정작 내게 중요한 일은 봄을 천천히 통과하는 일 같다. 산책 중엔 가끔 걸음을 멈추고 뒤를 돌아보는 것이 요건이고. 그렇게 후련하게 회사를 나왔네. 내가 도장 찍었던 사직서는 재생 용지가 되어 어느 나라의 책이 되었을까.

빈 잔을 반납할 때 아주머니가 주신 초콜릿 과자의 얇고 연약한 달콤함을 음미하며 길을 건넌다. 가끔은 오래 걸리는 길을 골라 소요한다. 전부 다 잊고 흔쾌히 헤매려고. 봄의 달콤함만 남긴다. 달콤함과 둘이 걷는다.

깨끗한 찔레꽃 냄새에 잠깐의 행방불명.

건널목에서 신발 끈이 풀렸지만, 그냥 걸었네. 이런 일은 언제나 끝이 없다네.

매년 겨울을 겪을 때마다 깨닫는다. 나는 늘 봄을 기다리며 살고 있었다는 것을.

봄. 앙상했던 계절이 끝나고 마침내 찾아오는 온기. 겨울 동안 맡겨 두었던 행복을 두둑이 되받는 날. 터질 것 같던 옷장이 가벼워지고 겨드랑이가 자유로워지는 날. 세계가 기지개를 켜기 시작하는 순간. 마음껏 고백하고 마음껏 좌절할 수 있는 계절. 내게 봄은 그런 보상과 시작의 계절이다. 무엇이라도 가능할 것 같고, 그 어떤 죄라도 용서받을 수 있을 것만 같다. 겨울잠 자며 마음껏 게을러지기로 다짐한 나무도, 곰들도, 새들도 그리하는데 나라고 그러지 못할 게 뭐가 있나. 봄을 떠올려 보면 온통 사랑스러운 이미지로 가득하다. 그러나 한 번도 가장 좋아하는 계절이라 생각해 본 적은 없는, 나의 이상한 편애를 받는 계절. 봄.

애인과 함께 봄에 가기로 했던 심야 식당에 왔다. 4월의 어느 날, 경량 패딩과 카디건 사이에서 고민하는 사이에 도착한 봄. 구수하게 퍼지는 어묵 냄새에 겨울 동안 움츠러들었던 식욕이 되살아난다. 우리는 겨울에 시켰던 메뉴를 또 시킨다. 갓 구워져 철판에서 지글지글 끓는 두부조림과 단단한 명란구이. 연달아 나오는 차가운 기린 생맥주와 산토리 하이볼. 조심스레 한입 베어 문 두부는 겨울의 것보다 연약하다. 아마도 식당 온도의 차이겠지. 이 정도면 잇몸만 있어도 먹겠는걸, 이라는 생각과 함께 최대한 이를 쓰지 않고 두부를 씹으려고 노력해 본다. 두부는 거의 액체가 되어 목을 타고 넘어간다. 애인은 명란을 최대한 상냥하게 부수고 있다. 한 알이라도 흘리지 않으려는 듯, 조심조심. 창문 밖으로 전동 자전거를 탄 사내가 지나간다. 장갑도, 목도리도, 진동도 없이, 무빙워크에 올라탄 것처럼 유유하게. 장갑 없이 자전거 핸들을 잡을 수 있는 계절, 누군가 나에게 봄의 정의를 묻는다면 그렇게 답하겠다. 어묵 국물 한입에 찬 기운 없이 온몸이 구석구석 따뜻하다. 봄이다. 그렇게 말하니 정말 봄 같다.

　해가 바뀔 때마다 봄은 짧아지고 여름과 겨울은 길어진다. 나의 편애가 단축된다. 사람은 원래 희귀성이 높은 것에 애정과 소유욕이 생긴다고 한다. 매년 봄에 대한 나의 사애 역시 더 커질 것이다. 여름이 되면 또 여름의 좋은 점을 찾고, 봄과의 사랑을 잊어버릴 수도 있지만. 봄은 그것마저 용서해 줄 것이다. 봄은 그런 계절이니까.

다가올 봄에도 내 옆에 네가 여전할까?

내게 등을 돌린 채, 긴 꼬리로 바닥을 빗자루처럼 쓸고 있는 너. 꼬리가 움직인다는 것은 네가 흥미를 느끼거나, 위협을 느끼거나 둘 중 하나라고. 너는 지금 내가 모르는 즐거움을 상상하고 있니? 그게 아니면 알 수 없는 무엇이 너를 마냥 두렵게 만드니?

고양이도 신장이 아파? 그럼. 고양이도 장기가 다 있는걸. 못난 주인은 그런 것도 몰랐다. 너를 보며 바보 같다고 생각했는데 사실 바보는 나였나 봐. 신부전 4기에 돌입한 고양이는 기적적으로 살아도 1년을 넘지 못한다는 수의사의 말. 너에게 남은 일몰과 일출을 떠올린다. 그런 너를 보며 마음속에 매일 해가 지고 뜬다. 칠흑 같은 새벽과 하오의 빛이 뒤엉킨다. 이렇게 변함없이 귀

여운 얼굴 뒤로 창밖을 보면 겨울이 가까스로 무
너짐을 버티고 있다.

　고양이는 시간이라는 개념을 모릅니다.
　자신이 정한 루틴을 따라 행동하며 하루의
흐름을 가늠할 뿐입니다.
　봄과 겨울 같은 계절의 변화를 인지할 수 없
습니다.

　너는 봄에도 똑같이, 예고도 없이 내 방문을
열 것이다. 작은 몸의 무게를 실어 활짝 열린 문
너머에서 나를 바라보며 야옹거릴 것이다. 야옹
의 뜻을 궁금해하다가 어쩔 수 없이 의자에서 일
어나 너를 따라가면 너는 벽 옆의 스크래처를 벅
벅 긁을 것이다. 나는 손바닥으로 너의 정수리부
터 꼬리까지 쓰다듬어 줄 것이다. 너는 잠시 먹을
것처럼 사료의 냄새만 맡고 거실 카펫에서 오른
쪽으로 벌러덩, 쓰러지듯 누울 것이다. 조용한 거
실에 너와 내가 서로를 마주 보며 온갖 생각에 잠

길 것이다. 그러나 변하지 않는 것은 내가 너를 아
주 사랑한다는 것이다. 새벽에도, 아침에도, 저녁
에도 그럴 것이다.

　카펫을 탁, 탁 내려치는 꼬리. 꼬리 끝을 내려
친다는 것은 네가 몹시 불편하거나, 몹시 편안하
다는 뜻. 다가올 봄에도 너는 내 옆에 있을까? 네
가 없어도 모든 것이 그대로일까? 탁 탁 탁. 잦아
드는 꼬리에 맞춰 너와 눈을 깜빡인다. 고마웠어.
미안했어. 잘 가. 나는 자꾸 안녕을 연습하는 사람
이 된다.

(김연덕)

시집으로『재와 사랑의 미래』『폭포 열기』

『오래된 어둠과 하우스의 빛』이 있다.

사랑이 사람이나 사물처럼

만져지는 순간을 좋아한다.

빈티지 재킷을 좋아하는 나는, 며칠에 한 번 재킷 하나씩만 바꿔 입어도 봄이 모두 지나가 버릴 정도로 봄 재킷이 많다. 재킷을 고르는 기준은 몇 가지가 있는데, 우선 색이 너무 튀지 않고 어떤 옷에 받쳐 입어도 부드럽게 빛날 것. 품이 크고 어깨가 넓어 내 몸이 배로 커 보이는 옷일 것. 5만 원 이하일 것.

그렇게 해서 모은 재킷이 벌써 일고여덟 벌은 되고, 빈티지 중의 빈티지인 이모할머니 재킷과 아빠가 입던 재킷을 물려받아 입고 다닌 적도 있다. 나는 특히 중요한 자리에 꼭 빈티지 재킷을 입었는데, 그중에서도 처음 시인이 되어 사람들 앞에 수상 소감을 읽었을 때, 첫 시집 첫 낭독회를 했을 때, 그리고 시간이 지나 두 번째 시집과 나의 수치심에 대한 긴긴 이야기들을 독자들 앞에서 발표해야 했을 때가 떠오른다. 봄 재킷은 내 몸을 일부 감추어 주지만 작은 체구의 사람이 저런 것

을 입는다고, 시선을 두게 해 나를 바라보게도 만
든다. 나를 일부 감추면서 드러내는 일, 내가 원하
는 어깨선과 색으로 내가 가장 원하는 언어를 입
는 일, 시 같다.

　언젠가 아빠가 이 세상을 떠나게 될 때, 아빠
의 모든 재킷을 물려 입게 되지 않을까 하는 상상
을 한다. 단정하고 공식적인 옷차림을 좋아하는
아빠는 거의 모든 자리에서 재킷을 입곤 하니까.
아빠가 남겨 준 재킷 중 어떤 것을 입고 어떤 것을
버릴까 결정하면서, 아빠가 남겨 준 기억 중 어떤
것을 남기고 어떤 것이 자연스레 잊히게 될까 결
정하면서 나는 아빠의 봄을 생각하게 될 것이다.

　빈티지 봄 재킷을 꺼내 몸을 감싸는 일, 누군
가 입었던 옷을 봄에 다시 꺼내 입는 일. 그의 시
선으로 환해지거나 일그러졌을 봄을 다시 나의
어깨선과 양팔로, 신체 전체로 바라보는 일, 역시
시 같다.

몸이 무겁고 어두워지는 계절이면, 그리고 그것이 지금까지와는 미세하게 다른 무게와 조도인 것이 느껴지면 어딘가로 떠나고 싶어진다.

2025년, 내가 서른한 살이 되어 보낸 1년은 많은 변화를 겪은 해였다. 오래 만난 연인과 헤어진 직후였고, 20대 초반의 친구들과 다시 아르바이트 생활을 시작했으며, 서울이 아닌 다른 곳에서의 생활을 희미하게나마 꿈꾸게 되었던 해. 예상치 않게 움트던 에너지와 미래들, 내 일상에 새로이 들어온 사람과 공간들, 장면들을 감당하느라 행복하기도 피곤하기도 했던 해. 와중 이미 직장에서 자리를 잡은 많은 친구가 동시다발적으로 결혼하고 아이를 낳았지. 어른이 되어 가는 친구들의 시간을 역행해 반대쪽으로 걸어가는 듯한 해였다.

사주에서는 대운이 바뀌는 해였다고 하는데, 1을 기준으로 10년마다 바뀌는 대운이라고 한다.

스물한 살에 처음 시를 썼으니 1, 11, 21……의 리듬을 생각하면 이해가 가는 부분이 있지만, 그렇다면 31에는 대체 무엇이? 서른한 살을 지나 이제 서른둘이 된 지금도, 작년에 무엇이 뚜렷하게 바뀌었는지는 잘 모르겠다. 그저 이전과는 다른 온도와 빛깔의 해였다는 감각뿐. 사회적인 나이를 거슬러 다른 쪽으로 조금씩 조금씩 이동했다는 감각뿐. 스물한 살의 시 쓰기도 시간이 지나고서야 내게 중요한 요소로 남게 된 것이니, 아마 작년의 의미 역시 시간이 지나야 알게 되지 않을까.

어쨌든 2025년을 보내고 2026년이 되어 맞는 연초의 겨울, 내 몸은 여전히 무겁고 어둡지만, 이전과는 다른 혼란이, 혼란이 주는 경쾌함이 몸 구석구석에서 약간은 흐르고 있다고 해야 하나. 그래서 어디로든 또 떠나고 싶었다.

내가 봄에 처음 사랑에 빠졌던 도시로.

아오모리로.

2025년 5월, 책 작업 때문에 우연히 방문했

던 아오모리에서 나는 도시 전체를 사랑하게 되는 경험을 하게 되고, 지금 예보를 확인하면 아오모리는 매일같이 눈이 내리고 있지만, 내가 기억하는 아오모리는 산뜻한 바람이 부는, 푸른 나무와 가벼운 옷차림의 이미지만으로 이루어져 있다. 혼슈 최북단의 아오모리는 일본 전역에서 적설량이 가장 많은 곳, 삿포로보다도 눈이 많이 쌓이는 곳이라지. 내가 아는 모습은 봄과 여름뿐인데, 반팔을 입고 아오모리 시내 곳곳을 돌아다녔었는데, 그곳의 봄을 사랑했기에 오히려 두꺼운 외투를 꺼내 입을 수밖에 없는 겨울을, 미끄러지지 않도록 홈이 많이 패인 부츠를 신고 다닐 수밖에 없는 계절을 기다렸었다.

나흘 뒤, 나는 아오모리로 떠난다. 아직 계획도 짜지 못했고 짐도 싸지 못했지만, 그 어느 때보다 차분하고 따뜻한 마음.

가보았던 곳을 반복적으로 다시 가볼 예정이다. 오로지 늦봄의 박물관, 킷사, 기차역, 이자카야, 호텔 위로 뒤덮여 있을 새로운 계절을 보기 위해서. 아직 해명되지 않은 나의 작년을 조금 이르게 해명해 보고 싶어서, 친한 친구들과 다른 곳으로 나아가고 있다는 불안과 자유를 깊숙하게 느껴보고 싶어서. 한 도시의 극단적인 계절을 지켜본다는 건, 내게로 찾아오곤 하는 극단적인 시간의 감각, 나를 관통하는 시간을 이해하고 받아들이기 위한 과정이기도 하니까.

그 기간에 아오모리에 체류하느라 초대받은 결혼식 두 군데를 가지 못한다. 친구들이 식장에 입장하는 순간, 성혼선언문을 외치고 반지를 교환하고 인생의 다음 스텝으로 나아가는 순간, 또 다른 친구들이 아이를 재우고 아이의 이마에 입 맞추는 고되면서도 다정한 순간, 나는 아오모리의 눈발 속에서 무엇을 보고 무엇을 만나게 될까. 친구들이 먼저 걸어간 미래의 상을 나도 꿈결처럼 느끼게 될까, 전혀 다른 실수나 추위, 당황스러운 장면들 속에 놓이게 될까.

올봄을 더 잘 기다리기 위한 한겨울의 여행. 이 여행이 나의 봄을 어떤 식으로 이끌지 아직 알 수는 없지만, 분명한 건, 봄의 소풍들을 위해서는 이전 계절들의 여행이 필요하다는 것. 소풍만으로 충분한, 작은 외출만으로 충분한 봄을 위해서는 적극적으로 이 계절에 움직여야 한다는 것. 그럼 어느새 내 몸도 한 겹 더 가벼워져 있을 것이다.

4월 4일이 생일인 나는 어릴 적부터 "네 생일 무섭다"라는 놀림을 많이 받곤 했다. 죽을 사(死) 자와 숫자 '4'의 발음이 비슷해 만들어진 놀림거리인데, 돌이켜 보면 나는 친구들의 놀림에 의연한 척은 했지만 속으로는 조금 의기소침하기도 했던 것 같다. 실제로 죽음과 봄이 얼마나 가까운지 커서 느끼게 되기 전부터 말이다. 그러니까 목련잎이 떨어져 사람들의 구둣발 위에서 바스러지고 검게 변하고 조각조각 사라지는 과정을 보기 전부터.

숨이 막힐 것 같은 따뜻한 기운이 거리에 가득하지만, 어떻게 보면 4월은 겨울보다 더욱 외롭고 검고 추운 달. 막 바뀐 교실에서 떠다니는 공기를 견뎌야 하고, 눈보다 환한 벚꽃잎의 조도를 견뎌야 하며, 풍경과 상충되는 온갖 마음들을 혼자서 끌어안아야 하는 달. 헤어짐의 배경조차 믿기지 않을 만큼 아름다운 달. 나는 그런 봄날 저녁의 한 산부인과에서 쌍둥이로 태어났다.

　작년 생일에는 팔과 무릎에 깁스를 하고 침대에 누워 아침을 맞았다. 생일이 오기 사흘 전, 아르바이트 가던 길에 심하게 넘어져 뼈에 실금이 갔었기 때문이다. 그날 침대에 누워 뼈가 처음 맞게 된 죽음, 그리고 다시금 뼈에 찾아올 '그 죽음'과의 작별(어차피 뼈는 다시 붙을 테니까)에 대해 생각했다. 이 뼈는 이중의 죽음, 그러니까 삶을 향해 나아가는 죽음을 겪고 있구나 하고. 창에서 들어오는 햇살이 따뜻했고, 거추장스러운 무릎 깁스가 생생히 가려웠다.

　봄의 진입 지점에 있는, 언어유희적 죽음과 가장 가까운 올해 생일은 어떻게 흘러갈까. 이제는 죽을 사와 연결 지어도 내 생일이 무섭지 않다. 의기소침해지지 않는다. 나는 언제든 죽음 한가운데, 그리고 삶 한가운데 살아가니까.

(　손미　)

시집 『양파 공동체』 『사람을 사랑해도 될까』

『우리는 이어져 있다고 믿어』 등이 있다.

연금술 공부 중.

윤동주기념관에 방문하기 위해 연세대를 찾았다. 네 살 된 아이가 어린이집에 가 있는 동안 일정을 마쳐야 했기에 마음이 급했는데, 그때 교정을 가로지르는 한 여학생의 발랄한 발걸음이 눈길을 끌었다. 여학생은 물방울 소리를 내면서 걷고 있었다. 찰랑찰랑 생기를 가득 품고 걷는 발걸음엔 조급함도 두려움도 없었다. 그것은 끌려가는 걸음이 아니었다. 기꺼이 길을 열고 나아가는 정진이었다. 나는 그렇게 걸으며 사라지는 학생의 뒷모습을 한참 동안 바라보았다. 그 뒷모습을 보고 있자니 명랑한 발걸음으로 걷던 한 사람이 떠올랐다.

걸을 때마다 공중으로 뛰는 것처럼 몸이 뜨던 사람, 나는 스무 살에 그를 소개로 만났다. 키가 크고 마른 체격이었는데 남자임에도 걸을 때마다 윤기 나는 뒷머리가 찰랑이며 흔들렸다. 멀리서도 튀어 오르는 발걸음으로 나는 그의 모습은 쉽게 구분할 수 있었다. 그와 두 번째 만났을 때, 우리는 인근 대학교에서 열리는 축제를 보러 갔다. 콘서트장에 한 번도 가본 적이 없다고 하자 그가 공연을 보러 가자며 제안한 것이었다. 그날 축제에는 DJ DOC, 이은미, 지누션 등 여러 가수가 오기로 되어 있었다. 우리는 둘 다 그 학교에 다니는 것이 아니어서 길을 헤매고 있었다. 캠퍼스는 생각보다 넓었고, 우왕좌왕하면서도 봄바람 때문인지 꽃냄새 때문인지 머릿속이 달콤했다.

우리는 메인 무대를 찾아 오르막길을 올랐다. 오르막은 생각보다 길었다. 올라도, 올라도 길은 끝나지 않았고, 계단, 경사로 이어지는 오르막길과 점점 더워지는 날씨에 나는 조금 지쳐 갔다. 그는 빨리 목적지를 찾아야 한다는 의무감 때문인지 나보다 반 발짝은 앞서 걷고 있었다. 나는 그의 찰랑이는 뒷머리를 지켜보다가 손을 뻗어 그의 셔츠를 잡았다. 그의 흰 셔츠 왼쪽 허리 부분이 주욱 늘어났다. 그가 걸음을 멈추고 자신의 셔츠를 돌아봤다. 그러고는 나를 쳐다보지도 않고 손을 뻗어 셔츠를 잡고 있던 내 손을 잡았다. 그의 손바닥과 내 손바닥이 포개지면서 그는 다시 앞서 걷기 시작했다. 나는 그의 힘에 이끌려 오르막을 계속 올랐다. 그의 통, 통, 튀어 오르는 발걸음 때문인지 손바닥에 맥박이 뛰는 건지, 우리의 걸음은 더 빨라졌다. 우리는 서로의 얼굴을 보지도 못한 채, 급히 가야 할 목적지가 있는 것처럼 오르막 끝만 보고 걸었다. 경사로 옆에 있던 단단한 바위도 이 손을 잡으면 피가 돌 것 같았다.

멀리 메인 무대에서 개미만큼 작은 가수가 한껏 성량을 뽑아낼 때도 우리는 그 손을 놓지 않았다. 스피커에서 울려 퍼지는 기계음과 노랫소리보다 심장 소리가 더 클 수 있다는 사실을 그날 처음 알았다.

얼마 전 지인들과 점심을 먹고 그 대학교를

찾아 산책을 했는데 지인 중 한 명이 걷는 나의 모습을 찍었다. 나는 걷고 있었다. 팔다리를 흔들면서 앞으로 가고 있었다. 그러나 영상 속 나의 발걸음엔 통통 튀는 물방울 소리가 없었다. 아, 좋다 하면서 걷고 있었지만 발걸음은 무거움과 조급함이 묻어 무거워 보였다. 나는 통통 튀어 오르듯 걷던 스무 살, 물방울 소리 가득한 나의 발자국을 생각했다. 켜켜이 쌓인 나의 발자국에 발을 포개면서 이 봄엔 더 자주 걸어야겠다고 다짐하면서.

새벽에 한 번은 깬다. 아이를 재우느라 밤 9시나 10시에 잠이 드는데 눈을 떠보면 새벽 1시일 때도 있고, 2시일 때도 있다. 그럼 어둠 속에서 휴대폰을 찾아 들여다본다. 새벽에 서재로 와 글을 쓰거나 책을 볼 때도 있는데 아이는 내가 없는 것을 귀신같이 알고 잠에서 깨 운다. 잠들기 전, 아이는 당부하듯 말한다. 엄마, 사라지지 마.

여느 때와 같이 새벽에 잠에서 깨, 자리를 이탈하지 못하고 휴대폰만 들여다보고 있는데 문득 휘파람 소리 같은 것이 들렸다. 집 바로 옆 낮은 산에서 들려오는 소리였다. 그것은 마치 겨울에서 봄으로 넘어가는 계절의 변성을 알리는 소리 같았다.

그 소리는 휘파람이나 피리처럼 청아한 소리였다. 만약 피리라면 얇은 통로를 통과하는 바람 같은 맑은 소리였다. 소리를 내는 주인공은 알 수 없었으나 그 소리는 고요한 새벽을 두드리고 있었다. 나는 어둠 속에 누워 점점 둥글게 둥글게 심장을 두드리는 소리를 가만히 듣고 있었다.

지금 깨어 있는 모든 것이 저 소리를 듣겠구나. 무덤들도, 청설모도, 아카시아 나무도, 마치 대성당의 종소리처럼 은은하게 퍼져 가는 이 소리를 칸칸마다 누워 있는 사람들 모두 듣고 있겠구나,

모두 이어져 있구나.

곁에서 아이는 새근새근 숨을 쉬었다. 아톰처럼 팔다리를 일자로 뻗고 씩씩하게 잠들어 있었다. 그러다가 그 소리는 뿌우엉, 뜨음- 부욱- 하는 야행성 새의 소리로 바뀌었다가 아침이 밝을 즈음 까치, 까마귀, 참새처럼 익숙한 새소리가 겹쳐서 들려왔다. 나는 서서히 밝아지는 방에서 새들의 활동 시간이 교대되는 소리를 꼼짝 않고

듣고 있었다.

　　언젠가 산에서 맨발로 걷다가 딱, 딱, 딱, 딱, 나무를 찧는 부리 소리가 들려 걸음을 멈춘 적이 있다. 나무마다 올려다보며 새를 열심히 찾았는데 소리만 울릴 뿐, 아무리 찾아도 새의 형체는 보이지 않았다.

　　소리만 있고, 형체는 없다. 존재하지만 볼 수 없다. 어쩌면 새벽에 들렸던 맑은 소리는 새의 울음이 아닐지도 모른다. 불시착한 식물이 유일하게 목소리를 내보는 울음일지도, 하루에 한 번, 모두 잠든 시간, 목을 열어 소리를 내보는 시간일지도 모른다. 자신의 목소리를 내는 것, 내 진짜 마음을 외면하지 않고 들어 주는 것, 새벽 숲 소리는 그 일을 하라고 내게 울음으로 알리는 것인지도 모른다.

기차에서 수업 준비를 했다. 가방에 넣어 둔 종이를 꺼내니 한 부분만 누렇게 변했다. 가방에 뭐가 흘렀나 보다 하고 들여다보니 썩은 귤이 나왔다. 언제 넣어 둔 건지 기억도 안 난다. 운전하다가, 수업 가다가 한 알 까먹어야지 하고 날 위해 넣어 둔 동글동글한 귤은 시퍼렇게 변색되어 나의 가방에 웅크리고 있었다. 웅크린 마음, 웅크린 한 알을 물티슈로 집어 버렸다. 나는 이 상한 귤이 담긴 가방을 메고 목포에도 가고, 옥천에도 가고, 서울에도 갔다. 참 많이도 다녔다. 썩는 줄도 모른 채 습관처럼 가방을 등에 메고 바쁘게도 다녔다.

가방 속에서 귤 한 알은 괜찮아 보이지만 괜찮지 않은 마음이 상해 가는 것처럼 조용히 죽어 갔다. 다음 날 아침, 나는 유튜브 채널을 찾고 정자세로 앉아 눈을 감았다. 상한 귤처럼 명치에 걸린 마음이 있는 것 같았다. 명상을 할 땐 머리를 비워야 해요. 유튜브 가이드는 그렇게 말했다. 떠오르는 생각을 흘려보내세요. 아 생각이구나, 하고 보내 버리세요. 나는 눈을 감고 앉아 떠오르는 생각을 흘려보내기 위해 애썼다. 마감이 내일이네? 아, 어린이집에 선물 보내야 하네? 뭘 보내지? 저녁엔 대패삼겹살을 구울까? 오후에 아이를 찾아서 마트에 가야겠다. 그 마트는 카트를 태워 달라고 떼를 쓰니까 다른 곳으로…… 끊임없이 생각이 떠오른다. 이게 명상이 맞나. 머릿속 생각을 용량으로 따지자면 슈퍼컴퓨터도 모자랄 것 같다.

다시 눈을 감는다. 웅크린 마음 한 알이 명치에 걸려 있다. 나 좀 봐줘. 듣고도 모른 척했던 내 마음이 울고 있다. 왜 이런 마음이 튀어나오지? 나는 원인도 모른 채 그저 명치에 걸린 한 알의 마음을 보고 있다. 저항하는 건 반복되고 지켜보면 사라집니다. 유튜브 가이드는 그런 말을 이었다. 나는 그 마음을 가만히 지켜본다. 여기 있었구나. 썩은 귤 같은 한 알의 마음을 지켜본다. 지리멸렬하고, 창피하고, 구겨 버리고 싶은 마음 한 알을 들여다본다. 귤 한 알이 점점 내 얼굴로 변해 갔다. 미안해, 정말 미안해. 나는 짓눌려 있는 나의 마음에게 말해 주었다. 정말 무서웠어. 나 정말 외로웠어. 봄이 되도록 발견하지 못했던 마음 한 알이 울면서 훌쩍인다. 나는 손바닥으로 나의 명치를 가만히 쓸어 보았다. 손바닥이 따뜻해지면서 맥박이 선명해졌다. 그러고는 귤이 들어 있던 가방을 뒤집어 햇볕에 말렸다. 쿰쿰한 자국이 조금씩 증발해 가길 기대하면서.

(원지해)

시를 쓴다.

사라질 펜을 쥐고

길을 잃기 위해, 나를 놓기 위해.

　요가원에서 명상한 오전. 종종 집에서 혼자 명상할 때도 있지만, 확실히 여러 사람이 모일수록 집중도가 높아지고 좋은 파장이 커짐을 느낀다. 가부좌, 반가부좌, 양반다리……. 명상하기 위해 정해진 자세는 없으나, 나에 대한 절제가 필요한 요즈음이기에 가부좌를 택하고 눈을 감았다.

　선생님의 안내에 따라, 요가 매트 바닥과 맞닿은 궁둥뼈와 척추 끝의 꼬리뼈를 느꼈다. 그러고 꼬리뼈에서 시작해 지구의 내핵 아래까지 이어지는 은색 실을 상상했다. 정수리에서 하늘 위로 솟는 하얀 실도 상상했다. 땅과 하늘 사이 존재하는 나. 나의 몸에 연결된 실을 하나의 선으로 이어 보았다.

　오늘의 태양을 빌려 와 양 손바닥에 빛을 가득 담았다. 샤워하듯, 손에 담은 빛으로 몸을 씻어

내고자 했다. 빛을 펼쳐 몸을 쓸어내리려던 순간 든 생각. '나에게 빛은 밝음인가.' 그러자 빛은 제 모습을 드러냈다. 눈을 감고 있었음에도 내내 밝게 느껴지던 주변이 어두워졌다. 암흑으로 도달하지는 않았지만, 빛의 명암이 드리웠다. 밝음이 잦아들자 몸이 편안해졌다.

다음으로 나무를 떠올렸다. 몇천 년 된 나무를 떠올리고 싶었지만, 떠오른 것은 겨우 몇십 년 혹은 몇백 년 된, 초록 잎이 자라난 나무. 줄기의 거친 껍질을 손바닥으로 만져 보았다. 손바닥이 울퉁불퉁한 감촉을 닮아 갔다. 선생님은 나무 앞에 나의 이름이 적힌 팻말을 놓으라 했는데, 팻말에는 이름이 비어 있었다. 이름을 적을 수 없었다. 적을 수 있는 마음이 없었다. 나무에 내가 버리고 싶은 것들을 거름으로 주었다. 집착하는 마음, 완전해지고 싶은 마음, 무언가를 깨달았다고 착각하는 마음을 버렸다. 에고(ego)도 버렸다, 버리려 했다. 물론 모든 것이 나를 떠나지는 않았다.

나무에 열린 열매를 보고 싶었으나 볼 수 없었다. 내가 나무 아래에 있었기 때문이다. 그러나 그 순간, 머리 위에서 보리수 열매같이 빨갛고 동그란 작은 열매가 떨어졌다. 애써 확인하지 않아도 나의 나무가 잘 자라고 있음을 알려 주려는 듯. 열매의 낙하로 존재를 알리려는 듯.

명상에서 깨어남이 아쉬운 날.

그래, 이제 시 쓰기를 더 이상 미룰 수 없다. 쓰지 못하는 건 핑계다. 시를 마주해야 한다.

최근 며칠간 '사랑'이라는 단어를 연속해서 마주하게 되었다. '사랑'이라는 단어를 떠올렸을 때, 내게 다가오는 것이 무얼지 고민했는데, 역시나 그건 '시'였다. 특히 올해 새로 쓰게 된 시 1호와 2호. 아직 완전하지 않지만, 그들이 사랑스럽게 느껴지고 있다.

자신을 사랑하지 못하면서, 나의 시를 이렇게 좋아해도 되는 걸까. 시와 거리가 이렇게 가까워져도 되는 걸까. 콩깍지가 씌어 시에서 보지 못하는 게 생기지 않을까. 내가 시에 달라붙어 떨어지기 싫어지면 어쩌지, 하고 생각했다. 며칠 지나면 시에서 아쉬운 부분들이 보일 테니, 지금 좋아하는 마음을 즐겨 보자면서도, 그래도 너무 좋아하는 티 내지 말자 싶다가……. 짝사랑의 마음은 이렇다.

H가 부산에서 보낸 작은 택배가 도착했다.

기다림에 설레던 며칠. 상자를 여니 두 장의 편지와 부산 영도의 미피카페에서만 구할 수 있는 자갈치 미피 인형 키링이 있었다. H는 편지에서 좋아하는 카페를 소개해 주었고, "어떤 장소마저도 사랑해 버리니…… 역시 사랑하기 위해 사는가 싶네요"라는 말을 덧붙였다. 사랑으로 시작한 오늘이었는데, 사랑을 계속 만났다.

몇 주 전, 내가 H에게 선물했던 시집에 관한 이야기도 있었다. 읽고 싶은 책으로 저장해 두었던 유일한 시집을 선물 받은 것이라 했다. 동봉했던 인덱스를 좋아하는 시편이나 구절에 붙이고 있다고. 처음 해보는 거라 어색하지만, 수집하는 것 같아 기분이 좋아졌다고.

우연과 동시성. 마음과 마음은 통한다고 믿는다. 그러니까 내가 자라는 만큼, H가 자라는 만큼 우리의 성장은 공명하고 있을 것.

얼굴이 좋아졌다는 이야기를 종종 듣는다. 글을 다시 쓰기 시작한 작년 이후부터다. 그 이야기를 듣는 햇수가 점점 잦아지고 있다. 나의 밝은 기운에 멈칫하는 사람들을 느낀다. 이 모습이 사랑스럽다고 말해 준 사람도 있었다. 아마도 내가 바라는 걸 직면하고 있기 때문이겠지. 시를 통해 정화되고 있기 때문이겠지. 그런데 사람들이 보고 있는 나의 모습이 진짜일까. 당신에게 보이는 걸 믿나요? 묻고 싶지만, 내가 믿어야 할 것은

시에 대한 마음
시에 대한 사랑
그렇게 믿고, 간다.

포항에서 진행된 친구 C의 결혼식에 다녀왔다. 그곳에서 서울 혹은 한국에서 만나지 못했던 사람들을 만났다. 10여 년 전 축제 활동으로 알게 된 이들이다. 그들은 그때도, 지금도 여전히 선하고, 맑은 광기를 가지고서, 각자의 것을 차곡차곡, 점차 완전하게 쌓아 가는 모습.

B 언니와 단둘이 대화를 나눈 건 놀랍게도 오늘이 처음이었는데, 언니의 공방이 있는 동네로 오면 맛있는 빵을 사주겠다고 했다. Y 언니와도 몇 년 전 을지로에서 저녁을 먹은 것이 마지막 만남이었다. 곧 결혼 예정이라고 했고, 신혼집이 있는 동네로 놀러 오라고. 언니들은 내가 요즘 시를 쓰고 있다고 하니, 미래에 출간될 나의 시집을 다섯 권씩 사겠다고 했다. 나는 그들 중 누구와도 가까운 적 없었는데, 그들은 "이러려고 돈 버는 거지"라며 힘이 되는 말을 쉽게 해주었다.

친구, 네가 없었다면 나는 누구와도 연결되

어 있지 않았겠지.

　마지막 기차를 타고 돌아가는 길, 친구에게 메시지를 남겼다. 네가 적당한 때에 알맞은 행복을 찾아서 진심으로 축하한다고. 그 모습이 아름답고, 행복으로 가득 찬 눈빛이 반짝이고…….

　나는 네가 생각하는 것보다 훨씬 더 자주, 네 생각을 하곤 했다. 우린 암흑이던 시기, 기숙사 베란다에 앉아 밤바람을 맞으며 말을 나누던 때가 있었지. 바람이 차갑거나 매섭지 않아도 함께 우는 날이 있었다. 다만 너는 그것이 아프다고 말했고, 나는 말하지 못했지. 너와 내가 같이 대한민국에 있었을 때도, 한 사람이 다른 곳으로 떠나 없었을 때도 있었지. 떠나는 건 자주 너의 몫이었다. 너는 떠났고, 나는 남았고.

　스무 살의 너에게 이런 말을 했다면 우리는 계속 친구일 수 있었을까? 내게는 살고 싶은 순간이 특별한 순간이라고, 그런데 그 특별함도 가짜라고……. 남아 주었을까?

아무튼 너는 이렇게 답장해 주었다.
"진짜 마니 사랑해"

사랑을 이해하고 싶지 않다. 사랑이라는 말에 속절 없어지니까, 쉬운 사람이 되어 버리니까. 나만 노력하는 사랑은 너무 힘드니까.

주변에는 사랑을 말하면 사랑이 가벼워진다고, 사랑이라는 말을 아끼던 사람이 있었다. 항상 사랑하고 있어서 말할 필요 없다는 사람도 있었다. 그들에게 왠지 모를 섭섭함을 느끼며, 보이지 않는 옅은 상처를 같은 자리에 새기며,

내가 원하는 것이 사랑이라는 말인가, 고민했다. 아니었다. 그럼 원하는 것이 사랑을 말하는 순간 전해지는 감정인가, 절반은 맞고 나머지는 아니었다. 사랑을 말하는 순간의 감정은 대부분 곧 휘발되어 버리니까. 바란 건 사랑의 지속. 결국 사랑을 지속하기 위해서는 사랑을 말하는 것도, 사랑의 감정을 주는 것도 훈련해야 했다. 그래서

사랑의 말과 감정을 전하려 노력하면서,

엄마에게 말했다. 다른 지역에 살고 있어 포옹할 수 없으니까, 전화나 메시지로 사랑한다고 말했다. 하트 이모티콘을 함께 보냈다. 그러나 엄마는 사랑이라는 말을 흡수할 뿐, 돌려주는 방법을 몰랐다. (나를 따라 하면 될 텐데······.) 나는 홀로 훈련한 만큼만 사랑을 말할 수 있었고. 사랑을 쌓아 둔 곳은 금세 거덜 났다.

집에 도착해 영화 〈리스본행 야간열차〉를 봤고, 잘 봤다. 약 두 시간의 러닝타임을 한 번에 감당하기 힘들어 영화의 절반은 도넛을 먹으며, 나머지는 호수 산책 후 와인을 마시며 봤다. 유독 화이트 와인은 개봉 후에 맛이 빠르게 사라지는 것 같다. 그래도 남기지 않고 마셨다.

영화를 보며 떠올렸다. 리스본은 친구 C, 네가 잠시 머물렀던 도시. 방콕행 야간열차에서 겪은 한때의 이별. 변해 버린 맛은 되돌릴 수 없음을 알면서도 버리지 못하는 마음.

내가 이해하는 사랑은 이런 거야. 당신이 떠
나도 사랑을 놓지 않는 것.

(김이섬)

2022년 《현대시학》으로 등단했다.

소리를 듣고 나를 지우며 앉아 있다.

살아 있는 감각을 쓴다.

이해되지 않는 세계에 기꺼이 연루되는 중이다.

원고 앞에서 나는 숨을 잔뜩 몰아쉰다. 봄에 가까워질수록 나는 이상하게 수치들을 수집하게 된다. 오늘은 2,100kcal 정도를 먹었고, 5,302보를 걸었다. 두 고양이에게 정해진 시간마다 밥을 주고 돌봤다. 이 작은 숫자들은 내가 오늘을 무사히 통과했다는 증명처럼 느껴진다. 나머지 시간에는 온통 글에 대해 생각했다. 이불을 정리하면서, 커피를 타면서, 버스에 앉아 창밖을 내다볼 때조차.

글쓰기가 노동이 될 수 있을까. 언젠가 나의 정신과 의사는 다행이라는 듯 말했다. 당신은 글을 쓸 때 생활에 불편을 느끼면서도 체력과 정신을 소모하고, 책임을 지며 원고료를 받으니, 그건 명백한 직업이라고. 나는 그 말을 부적처럼 오래 들고 있었다. 하지만 여전히 나는 희미하다. 글쓰기가 삶이 될 수는 있어도 생활이 되지는 못하기 때문에. 글이 나를 살게 하더라도 나를 먹여 살리지는 못해서, 나는 늘 미끄러진다.

사적인 이야기를 하려다 보면 자꾸 문학이라는 방패를 꺼내게 된다. 입을 조금 열었다가 다시 다문다. 나를 구체적으로 설명하는 일을 종종 포기한다. 그래야 얇게 쌓여 봉인된 삶이 쉽게 들키지 않을 것이라 믿으므로.

내 꿈은 바뀐 적이 없다. 나는 늘 이야기를 만드는 일이 좋았다. 내가 태어난 집은 냉장고 음식이 자주 썩어 있고, 천장 위에서는 쥐가 뛰어다니는 곳이었다. 그 집에서도 이야기는 멈추지 않았다. 나는 이야기를 따라 멀리 도망쳤다. 편의점 야간 일을 오래 할 때, 점장은 내게 4천 원어치 음식을 공짜로 허락했다. 당시 시급의 절반쯤 되는 금액이었다. 나는 그의 아량에 감복해, 정말 힘든 날에는 평소라면 엄두도 못 낼 고급 아이스크림을 골랐다. 그것을 입속에서 오래오래 녹여 먹었다. 바(bar)에서 일할 때는 영업이 끝난 일터에 몰래 들어와 새카만 바닥에 누워 잠들기도 했다. 그 당시 잘 곳은 그곳뿐이었다. 어두운 가게 한가운데 누워 눈을 감으면, 지구가 나를 중심으로 아주 느리게 도는 것 같았다.

핸드폰에 들어가는 작은 부품 제조 공장 안은 이상하게 항상 추웠다. 손이 느리다는 이유로 손등을 플라스틱 자로 맞았다. 하지만 새치가 내려앉은 나이 많은 동료는 내게 말했다. 너는 어리니까 빨리 늘 거야. 근데 어리니까, 빨리 늘지 않아도 돼. 그 무렵 나는 얇은 벽으로 된 불법 고시원에서 살았다. 고시원 여자들은 머리를 말리지 않고 복도를 오갔고 하수구엔 머리카락 뭉치가 가득했다. 나중에 그곳에 큰불이 났다는 소식을 들었다.

어릴 적 우리 집에는 책다운 책이 없었다. 지도나 전화번호부, 국어사전 같은 것들뿐이었다. 나는 활자에 중독된 아이였다. 도톰한 국어사전 속 세계는 은밀하고 아름다웠다. 나는 그 세계 안에서 얼마든지 놀 수 있었다. 내게 문학은 감히 우아해질 수 있는 유일한 통로였다. 문학의 자장 아래 나는 잠시 자유로울 수 있었다.

마지막으로 당신을 도서 물류센터로 데려가고 싶다. 5미터 넘는 천장까지 대형 랙이 설치된 거대한 창고. 책들이 층층이 쌓여 있었다. 주문이 들어오면 우리는 ISBN과 권수를 확인하며 책을 카트에 담았다. 책은 무겁고, 종이 날은 날카롭다. 장갑을 껴도 손이 베인다. 쉬는 시간, 휘발유 난로 앞에 모여 누군가는 자판기 커피를 마시고, 누군가는 장갑을 벗어 말리고, 나는 신발 안에서 발가락을 움츠렸다 폈다.

"언니 내일도 꼭 나와야 해요."

어떤 아이가 말했다. 우리가 모두 공유하던 까마득한 내일. 내일 또 봐요. 서로에게, 또 스스로에게 말했다. 동료들이 좋았다. 추운 날 커다란 솜 잠바를 벗어 주던 사람도, 높은 곳에 올려진 책 더미를 대신 옮겨 주던 사람도, 네가 좋아하는 귤이 나왔다며 주머니에 넣어 주던 사람도. 사실 그 귤을 바로 먹지 못하고 따뜻해질 때까지 손에 쥐고 있었다.

우리가 거기 존재한다는 사실을 모른 채, 당신은 이 책을 펼쳤을 것이다.

가끔 잠이 오지 않으면 나는 과거를 떠올린다. 좋아하는 것들을 하나씩. 칠판지우개를 털던 순간, 분필 가루 펑펑 터지던 소리, 창문턱에 발라진 시멘트의 거칠고 오톨도톨한 감촉, 도서관 대출 용지의 빳빳함. 거기 글씨체도 다르고, 굵기도 다른 펜으로 적힌 이름들. 심야 일을 마치고 돌아와 암막 커튼을 치고 누웠을 때, 몸을 감싸던 이불의 감촉. 눅눅한 고시원 방을 완전히 잊게 해주던 The Verve의 〈Bitter Sweet Symphony〉. 폭우가 쏟아지던 밤, 손님이 없어서가 아니라 알 수 없는 이유로 느끼던 해방감. 칵테일 위 레몬 슬라이스의 눈 맑아지는 시큼함. 냅킨으로 종이학 접기. 몇 글자가 사라진 채 깜빡이던 클럽 간판의 고요함.

적고 보니, 좋은 것들은 이토록 시시콜콜하다.

커튼을 친 방 한가운데 누워 지구가 자전하는 소리를 듣는다. 당신의 하루에도 내가 남긴 것과 닮은 자국 하나쯤은 있기를 바란다. 그것은 어떤 의도가 아니라, 우리는 이 비루한 문장 끝에서만 겨우 조우할 수 있는 종족이기 때문이다. 비록 어떤 날에는 이 고백이 누구에게도 닿지 않기를 바라지만, 결국 닿아야만 하는 내일이 있다는 것을 안다.

원고를 시작해야 한다. 이 계절이 지나가기 전에. 우리의 장갑이 조금 더 따뜻해지기 전에.

겨울은 언제나 과거다. 아득한 전생이고, 아직 태어나지 않은 아이의 꿈만 같다.

겨우내 창문 틈으로 모래 냄새가 비집고 들어온다. 모래 냄새는 나를 어느 밤으로 데려간다. 존재의 접점이 처음 번뜩였던 밤. 짐 자무시의 영화들이 연달아 상영되던 마른 공기의 밤. 우리는 영화 〈잔다르크의 수난〉 속 배우 팔코네티의 얼굴에서 떨어지는 눈물의 단단함에 대해 이야기했다. 그 눈물은 액체가 아니라, 중력을 견디다 못해 툭 떨어지는 투명한 광물 같다고.

잔다르크는 무엇을 그토록 지키려 했을까. 우리는 무엇을 지킬 수 있을까. 모든 걸 지킬 수 있을 것 같다가도 손톱을 깎고 머리를 기르는 일 밖에는 할 수 없는 듯 무력했다. 우리는 알고 있었다. 평생 자신을 지킬 수 없지만 지켜야만 한다는 사실을.

결 좋은 모피 코트들의 등 뒤에 씹던 껌을 붙이고, 공공 도서관 구석 아무도 기억하지 못할 책을 찾아 좋아하는 구절에 밑줄을 긋고 낙서를 남겼다. 우릴 찾는 전화를 받지 않았다. 나를 포함한 그 어떤 인간의 목숨보다, 도로 위로 튀어 오르는 연약한 고라니의 생을 먼저 생각하겠다고 결심했다. 구겨진 옷을 입고 당인리발전소의 서늘한 굴뚝 아래를 걸었다. 엉망진창인 가족과 익숙해지지 않는 타인들에 대한 고백을 줄줄 읊으며. 굴뚝에서는 영원히 하얀 연기가 피어올랐다.

친구가 된다는 건 함께 야반도주하는 것이었다. 나의 방황 속에 친구는 내 손을 잡고 망을 봐주었다. 담벼락 위에서 나를 끌어올려 주었다. 그 순간 친구의 존재를 전부 이해해 버렸다.

골목에 돌멩이를 던지면 밤 전체가 울렸다.

불이 꺼지지 않도록 서로 손바닥을 모아 담배를 나눠 피웠다. 나는 왜 그때 친구에게 몇십 년 후의 나는 존재하지 않을 거라고 장담했을까. 그러면 왜 친구는 쓸쓸한 얼굴로 고개를 끄덕였을까. 마치 모든 것으로부터 혼자 남겨진 사람처럼.

첫눈이 온다는 메시지를 보내 주던 너. 너는 내가 장갑이 없을 때 끼고 있던 장갑 한 짝을 내게 주었다. 각자 한 손에 장갑 한 쪽씩을 끼고 우리는 먼지와 진흙을 묻혔다. 기름이 떠 있는 무지개색 띠를 만졌다. 세계의 온갖 것들에 오염되고 있었으나 나는 그 오염이 좋았다. 한 손이 시려도 다른 한 손은 따뜻하다며 실실거렸다. 버스로 30분 걸리는 길을 두 시간 동안 눈발을 헤치며 함께 걸어갔다. 나는 내가 어떻게 그런 시간을 지나왔는지 알 수 없다.

창문 틈으론 마른바람이 들어오고, 나는 여기 고요히 홀로 있다. 이국으로 떠난 친구에게 전화가 온 어느 봄의 새벽. 핸드폰에선 빗소리가 쏟아졌다. "여긴 비가 와. 거기도 비가 와?" 창문 밖으로 손을 펼친 채 빗소리를 함께 맞았다. 그때의 냄새가 난다.

잠들지 못한 밤, 차마 쓰지 못한 문장들이 골격과 근육을 갖추기 시작한다. 불도 켜지 않은 채 두꺼운 이불 끝을 부여잡고 솜의 숨을 죽인다. 광목의 뻣뻣함이 손바닥을 쓸고 갈 때마다 손가락마디가 하얗게 질린다. 아무도 찾지 않는 이야기를 단단한 매듭 속에 쑤셔 넣고 싶다.

나는 이불의 매듭 사이에 문장들을 구겨 넣는다. 이야기를 들어 줘. 입술 밖으로 나오지 못한 문장들이 솜먼지 사이로 흩어진다.

급히 초인종이 울려 나간다. 이국에서 소포가 왔다. 받아 든 상자에서는 아무 무게도 느껴지지 않는다. 빈 상자 속 공기는 그곳에서 왔다. 불을 켜니 어둠 속에서 반쯤 매듭지어 놨던 이불 뭉치가 어느새 환히 풀려 있다. 나는 소포를 열지 않아도 안다. 백지같이 풀린 이불 위에 손을 올린다. 남아 있는 온기가 손바닥에 닿으면, 내일의 날씨 같은 것을 생각한다.

골목에 돌멩이를 던진다. 밤 전체가 여전히 울린다.

출퇴근길에는 작은 야산이 있다. 그 길목에는 이상한 자세로 서 있는 작은 나무가 하나 있다. 뾰족한 가지 끝에 푸른 잎이 나 있다. 출근길에 본 이파리가 퇴근길에 더 자라나 있다. 누군가 뒤에서 잡아당기기라도 하는 것처럼.

나는 손끝으로 이파리들을 만지며 걷는다. 걷는 내내 생각한다. 식물도 사고한다면 그들이 공유하는 것은 언어보다는 빛의 각도에 더 가까울 것이다. '생각한다'보다는 '닿는다'가 더 정확하겠지. 봄의 햇볕이 길어지고 집요해졌다. 나는 태양이 좋다. 그건 아무 생각 없어 보이고, 동시에 모든 것을 다 알고 있는 것처럼 보인다. 그러나 빛이 예고 없이 길어지는 것은 곤란한 일이다. 아직 옷을 가볍게 걸칠 준비가 되지 않았고, 속속들이 숨겨 두어야 할 이야기가 너무 많다. 멀리서 무언가를 태우는 냄새가 거름 냄새와 섞여 진동한다. 새들은 점점 일찍 깨어 운다. 아름답고 시끄럽다.

나무들은 뿌리를 뻗어 소통하지 않을까. 수직의 갈증을 해소하기 위해 서로의 영역을 침범하거나 양보하며, 빛을 향한 각도를 미세하게 조정하는 일. 그것은 인간의 언어보다는 삼투와 증산의 리듬에 가까울 것이다. 백 년이 지나도 여전히 새로운 비의 감촉과 공중에 흩뿌려지는 신호들.

이런 사고는 인간의 언어를 빌리지 않기에 알아내기란 영영 불가능하다. 온도와 습도, 대지를 느끼는 감각, 일조량과 산소의 농도. 또 불균형한 물의 범람들. 그들만의 리듬으로 사는 생태를 나는 다만 짐작할 뿐이다. 빳빳한 잎사귀를 쓸어 본다. 쓸어 낼 때마다 마른 파도 소리가 들린다. 누군가 인간과 흙의 유전자가 흡사하다고 말했다. 사실 여부는 중요하지 않다. 내가 아는 것은 오직 필사적인 생존의 속도뿐이다.

바람이 분다. 눈을 감으면 나는 나무들 사이에서 백 년 넘게 이어 온 무구한 수런거림을 들을 수 있을 것만 같다. 고요해진다. 나도 아래로 뿌리를 뻗어 오직 살아가는 일에만 전념하고 싶다.

빛이 서재까지 따라온다. 손님 컵에 물을 따라 와 식탁에 올려 둔다. 따라온 빛이 반사되어 반짝인다. 집에는 거의 죽어 가는 몬스테라 하나뿐이다. 나는 썩은 뿌리를 다듬어 준다.

장갑을 벗은 후 식탁에 둔다. 두 손이 가볍다.

(김지은)

편집자.

'좋은 책을 보면 짖는 편집자' 계정(X)에서 짖고,

'침묵독서클럽'에서 침묵하고 있다.

지난 꿈에는 마주 앉은 사람이 감전당하는 걸 지켜봤다. 여러 차례에 걸쳐 전기는 계속 오르는데, 다치지도 않고 번쩍거리기만 하는 이상한 사람이었다. 맥락 없는 장면에 시달리다가도 정해진 시간이 되면 갑자기 혼자 내쳐지듯 악몽은 끝난다. 꿈에서 깬다. 악몽에서 현실로, 매일 버려진다. 꿈의 주인이 너는 아니라고 선언당한 얼굴로, 어리둥절한 몸을 끌고 욕실로 직행한다. 익숙해지지 않는 아침. 차라리 아무것도 못 본 사람이 되고 싶어서, 씻기고 싶어서, 씻어 내리고 싶어서. 누군가 꿨을 악몽을 내가 대신 꿔준 거라고 애써 다행을 찾으면서 샴푸나 푹 짠다. 하지만 오늘따라 골똘해진다. 이상하지, 이런 악몽은 처음인데…….

'감전 꿈 해몽'을 검색해 본다. 가까운 사람에게 좋은 일이 일어나는 길몽이란다. 거짓말. 침실에 빈 의자 두면 귀신 와서 앉는다고 의자 좀 치우라는데, 오죽 앉을 데 없으면 걔들이 여기까지 와서 앉을까 싶어 내버려뒀더니만. 무슨 이런 길몽으로 다 갚냐 싶다. 어이없는 귀신이네, 하면서 가까운 사람에게 길몽 전해 준다고 전화를 걸었다. (거짓말이랄 땐 언제고)

"오늘 너 좋은 일 생길지도 몰라. 좋은 꿈 꿨어."

"그럼 내가 그 꿈 살래."

"아니, 나 말고 내 가까운 사람한테 좋은 일 생기는 꿈이래."

"그러니까, 내가 그 꿈 사면 너한테 좋은 일 생길 거 아냐."

……아무래도 나에게 좋은 일은 이미 일어난 것 같다.

어제는 멀리에 사는 현수가 놀러 와 자고 갔다. 나란히 누워서, 나는 현수한테 계속 질문하고 현수는 "질문 좀 그만해라" 하다가 잠들기. 나는 "신나서 잠이 안 와" 하고 현수는 "말을 좀 그만해 봐. 말을 자꾸 하니까 잠이 깨잖아" 하고 잠들기.

아침에 일어나서 현수는 "너 어제 바닷속에 뭐 사는지 막 설명하다가 뚝 잠든 거 기억나?" 하고 놀린다.

현수 말에 따르면 꿈에서는 자기 방과 내 방 사이를 잇는 짧은 터널이 있어서 언제든 가볍게 오갈 수 있다고 한다. 자꾸 만나 놀 수 있어서 좋겠다 하니, 그 터널은 내가 아플 때만 열려서 감기약 들고 건너오느라 바쁜 꿈을 꾼댔다. 그래서 어젯밤엔 악몽이 사라진 걸까?

어떤 극에서는 "너는 나한테 너무 과분한 사람이야" 그러면서 헤어지자 하던데, 내 주변에는 과분한 사람들밖에 없으니 그 말은 금기다.

날 맑고 종이 바짝 마르는 계절에 헌책방에 처음 갔다. 좁은 책방의 유리문에는 고양이 스티커가 덕지덕지 붙어 있었다. 고양이 키우는 책방인가 하고 스티커 쳐다보는데 갑자기 문이 휙 열렸다.

"응 들어와서 봐도 돼요~."

금테 돋보기안경 쓴 할아버지가 펼친 책을 한 손에 끼운 채로 문 열어 주신다. 책에 눈을 딱 붙인 채로 문만 활짝 열어 주는데 책 표지에 "~로 보는 인문학" 글자가 적혀 있다. 고양이는 스티커만으로도 사람을 홀리는 건지, 곧장 빨려 들어갔다. 책 탑으로 가득 차 이미 터질 것 같은 공간이었다. (고양이는 없었다. 완전히 속았어……) 이곳에 들어온 이상 책을 안 보면 할아버지를 쳐다봐야 했으므로, 몸 돌려 책 구경을 시작했다.

"무슨 책 찾아요?"

"아뇨. (뭐라도 찾는 책을 말해야 할 것 같다) 그

냥…… 아, 그러면 혹시 ○○ 구판본 있어요?”

“……(책에서 처음으로 눈을 떼고) 선생은 어떤 일 하시나? 문학을 학문으로 하고 있는 거예요, 아니면 업으로?”

잠깐만, 이건 언젠가 먹어 본 적 있는 불안한 맛이다. 문학을 학문으로 한다고 해야 책을 내어 주는 건가? 아니면 문학을 무엇으로 하고 있느냐에 따라 책값이 달라지는 건가? 아니, 나 문학을 하나? 문학을 하는 게 뭐지? 생각하다가 “저는 그냥 책 만드는 일 해요” 툭 털어 말한다. 할아버지는 곧장 “아이구 아이구 아이구!” 세 번 외치고 책 덮는다. 출판 정담 시작된다.

“요즘은 초판 몇 부 찍어요?”로 출발한 할아버지는 “요새 번역서들은 이게 맞게 된 번역인지 알 수가 없어”, “그렇지, 그 ××출판사 참 좋은 책 많이 내지”까지 잠시도 안 쉬고 도착했다. (아직 ○○ 구판본 있는지는 안 알려 주신 상태 맞음) “선생처럼 이렇게 지식 나르는 사람들 월급 많이 받게 해야 한다”라는 응원을 듣고 나서야 책방을 나올 수 있었다. 가는 길가까지 따라 나와 할아버지는 "하는 일 잘되세요!" 외치셨다. (○○ 구판본은 못 구하고 나온 것 맞음)

그 뒤로도 구한다는 책은 못 구하고 한동안 헌책방 여기저기를 참 많이 다녔다. 구하고 싶은 건 사실 책이 아니었는지도 모르지만. 아름다운 납활자본, 출간된 줄도 몰랐던 절판본, 해적판 희곡집, 면지에 쓴 편지들까지 실컷 구경했다. 책 면지에 재채기하면서, 겨울에는 믹스커피, 여름에는 아이스티를 종이컵에 나눠 마시면서, 친구 데리고 가 책장 사이 앉아 킥킥거리면서. "이 책은 아무한테 꺼내 주는 거 아니에요" 하는 말에 속는 체하면서, "○○ 구판본 구합니다 010-××××-××××" 쪽지를 헌책방 기둥에 붙여 두면서.

청각과민 증상이 너무 심해졌다고 의사에게 우는소리를 했다. 이 의사도 딱히 치료법은 없다며 쩔쩔매고 있다. 이비인후과에서는 정신과에 가라 하고, 정신과에서는 이비인후과로 가라 하기에, 나는 결국 집으로 가기를 택했다.

며칠 내내 비가 내린다. 빗방울이 여기저기 부딪히는 소리에도 귀가 찢어질 것 같다. 빗소리는 점점 선명해져 작업실의 시계 초침 소리와 어긋나다 만나다 한다. 규칙 없는 소리와 규칙뿐인 소리가 엉켜 날카로워서, 다 읽은 줄을 계속 다시 읽으며 헛돌았다.

귀를 틀어막았다. 건전지를 빼서 시계를 전부 멈추게 했다. 노이즈캔슬링 헤드셋을 쓴 뒤 익숙한 피아노곡을 틀고, 오늘 빗소리 정말 듣기 좋지 않냐는 연락에 아무렇지 않게 "정말 그러네요, 봄비인가 봐요" 답장했다. 쉽게 얻은 적막을 진공처럼 느끼면서, 절대 진공일 수 없는 어떤 이야기를 마저 읽으며 울었다. 그런 탓으로, 울음이 자꾸 터지는 게 시끄러워서인지 슬퍼서인지 분간이 안 된다고 의사에게 말했다.

여전히 곤란해하는 의사에게, 사랑이 많아서 슬픔도 많은 거 아니냔 말을 친구에게 들었는데 차라리 그 말이 좀 위로가 됐다고, 청각과민은 이제 내 나름으로 잘 버텨 보겠다 알렸더니 의사는 "어쩌면 슬픔이 많아서 사랑이 많은 것일 수도 있어요" 하고 답했다. 이 문제로 더는 의사를 찾지 않았다.

굵은 빗방울 한 알 떨어지는 소리를 개는 총 한 발 쏘는 소리만큼이나 크게 듣는다는 글을, 꼬마 때 개 키우다 읽었다. 그걸 알고 난 뒤로 비 오는 날마다 개 걱정이 시작됐다. 저 뾰족한 귀를 접어 줘야 하나 어쩌나 하면서 표정을 살폈는데, 정작 개는 비 오는 소리에도 늘어지게 쿨쿨 자고 있었다. 그러다가도 가까이 가 앉으려고 살금살금

소리 없이 다가가면 진작부터 벌떡 일어나 놀자고
뛰어들었다. 나중에 개랑 다시 만나면 어떻게 그
밝은 귀로도 잘 잤는지, 어떻게 마음까지 다 들을
수 있었는지 물어볼 수 있겠지.

출간했다.

(　이해　)

숨겨야 했던 이야기를 쓴다.

에세이 『우리의 행방불명된 기도를 위하여』를

출간했다.

할 수 있는 일이 어플을 켜서 택시를 잡는 일 밖에 없을 것 같을 때가 있다. 나에게 주어진 세상은 몸을 맡긴 채 굴러가는 네모난 공간 안. 그곳에서 나는 안전하다고 느낀다. 아무것도 잡지 않은 손을 놓아도 된다. 등을 기대고 늘어져 있어도 된다. 표정의 모든 허물을 풀고 무너져도 된다. 가끔 기사님들께 사랑을 한 움큼 받기도 한다. 아가씨, 울지 마요. 하기도 한다. 아무것도 하지 않고 넋을 놓고 있다 보면 나를 보금자리까지 데려다준다. 좋은 하루 보내세요, 마무리와 함께. 나는 비싼 값을 지불하고서라도 그 시간이 영영 길었으면, 하고 바란다.

고등학교 시절 어느 봄, 우리 학교와 자매결연을 맺은 일본 여고생들과 짝을 지어 서울 나들이를 한 적이 있다. 며칠간 그 애들과 명동을, 서촌을, 광화문을 돌아다녔고 우리는 서로의 언어를 할 줄 몰랐지만 이상하게도 즐겁게, 알 수 없는 단어를 섞어 가며 이야기했다. 내가 그 애들에게 한 첫 말은, "너희 〈프로듀스 48〉 봐?"

〈프로듀스 48〉보다 SM 아이돌을 좋아하던 미라이는 일본으로 돌아가던 날, 김포공항에서 결국 울음을 터뜨렸다. 소리도 없이 눈물을 뚝뚝 흘렸다. 우리 나중에 꼭 다시 만나자. 번역할 줄 모르는 마음도 우리는 알았다. 난 그 애의 눈물을 닦아주며 말했다. 〈프로듀스48〉에서 배운 단어였다.

泣かないで(울지 마).

그리고 아주 오랜 시간이 지나 우리는 정말로 도쿄에서 다시 만났다. 내가 성인이 되어 도쿄에 친구와 놀러 갔다가 친구가 숙소에 쉬고 있는 동안, 시부야 거리를 혼자 걷고 있을 때였다. 누군가가 능숙한 한국어로 내 이름을 불렀다. 너무나도 한국어의 억양이라 나는 한국 사람을 만난 줄 알았다. 그 애는 그사이 대학에서 한국어를 배워 능숙하게 한국어를 할 줄 알게 되었고, 나는 더

듬더듬 일본어를 할 줄 아는 수준이었다. 우리는 반갑게 카페에 들어가 몇 시간이나 수다를 떨었다. 미라이는 유창하게 한국어로 말하고, 내가 일본어로 대답하다가 말이 막히면 미라이가 일본어로 덧붙여 주었다. 말하는 와중에 '이지메'라는 단어를 사용하니 미라이가 놀랐던 기억이 난다. "너 그렇게 무서운 말도 알아?" 미라이, 한국인은 모두가 이지메라는 단어를 알아.

우리는 긴 시간 끝에 즐겁게 헤어졌다. 이제 "泣かないで" 따위의 말은 하지 않아도 될 정도로, 아무도 울고 싶은 표정은 짓지 않았다.

묻고 싶다. 아무에게라도. 다들 괜찮은지. 정말 다들 사는 걸 견딜 수 있는지. 아리송한 삶에서 더듬더듬 다음으로 건너가는 일이 두렵지는 않은 건지. 진술할 수 없는 고통이 붙잡고 놔주지 않아서 영영 자라지 못하는 감각을 안고도 일상을 견디는 건지. 어떻게 그렇게 자리 한 칸을 차지하는 데도 돈이 들고 시간을 보내는 것마저 눈치를 봐야 하는 세상을 배운 것처럼 살아가는 걸까. 묻고 싶지만 물을 수 없다. 나를 내다 버리고 싶은 순간에는 어떻게 해야 하는지. 하지만 결국 해답을 가지고 풀어 가는 것이 아니라 구해 가는 것이 삶이다.

말할 수 있는 이야기와 그럴 수 없는 이야기. 오로지 내 안에서만 들끓다가 입술 밖으로 내뱉는 순간 열기가 식어 버려서 그냥, 많은 일이 있었다고. 그렇게 말할 수밖에 없는 이야기. 그렇지만 너무 비참하고 가혹해서 지구만큼 무거운 눈물이 명치에 고이는 이야기.

울었어요? 물었지만 나는 울지 않았다.

그날 미라이는 왜 그렇게 울었을까. 우리의 시간이 영영 마지막이라고 생각해서였을까. 하지만 미라이, 무엇도 단정적인 마지막은 없어. 우리는 이렇게 다시 만났고, 그 만남이 정말로 우리의 마지막이 되었다고 추억하게 될지라도 언젠가, 다음에, 다시, 를 마음에 품고 가뿐하게 헤어졌다. 가끔 우리는 돌아가기 위해 쪼개지고, 만나기 위해 멀어지고, 보금자리가 되기 위해 어긋난다.

　미라이가 지금의 나를 보면 똑같이 말해 주겠지. 泣かないで.
　그렇게 무서운 생각은 하지 마.

내가 아주 어렸던 어느 봄, 우리 집에 진돗개 한 마리가 들어왔다.

개는 작고, 따뜻했고, 덜덜 떨고 있었다. 나는 그 개에게 '고비'라는 이름을 지어 주려고 했다. 이유는 얼마 전에 인상 깊게 읽은 만화책 속 강아지 이름이 고비였기 때문에. 그런 나를 아빠가 말렸다. 고비는 어려움이라는 뜻이야. 이 애가 행복하게 살길 바라지 않니? 그래서 나는 다롱이라는 새 이름을 붙여 줬다.

다롱이는 예쁘고 똑똑했다. 접힌 귀가 사랑스러웠다. 거실에 있는 앉은뱅이 컴퓨터 책상 아래에 들어가 양말을 물고 잠들기를 좋아했기 때문에 무심코 컴퓨터 앞에 앉으면 발끝에 따뜻하고 말랑한 온기가 닿았다. 처음으로 맡게 된 생명을 나는 지극정성으로 보살폈다. 걱정이 되어 학

원도 못 가고 곁에서 떨어지려 하지도 않은 채 계속해서 쓰다듬었다. 대부분 강아지가 으레 그렇듯 다롱이도 나를 조건 없이 사랑했다. 누구에게도 이를 드러낸 적이 없던 다롱이가 엄마에게 손바닥을 맞는 나를 보고서는 사납게 짖었다. 엄마를 향해 살벌하게 으르렁댔다. 아무리 함께 사는 가족이더라도 다롱이에게 하나뿐인 주인은 나였던 것이다. 나를 필요로 하는, 나보다 작은 온기. 처음으로 유일한 세계를 나에게 의탁한 존재. 그건 정의할 수 없는 감정의 교류고 단어로 한정할 수 없는 거대한 맺음이었다.

　　아주 오랜 시간 다롱이와 함께할 수 있었다. 밖에서 들리는 발소리만으로도 다롱이는 나를 알아봤다. 어린 나의 타박타박 소리를 내는 발걸음이 들리면 다롱이는 벌떡 일어나 꼬리를 치고 난리를 피웠다. 한번은, 다롱이가 사라진 적이 있다. 그때 나는 엉엉 울며 동네를 뒤졌다. 모르는 아저씨를 잡고 이만한 하얀 개 봤어요? 우리 집 다롱이에요. 했던 기억은 난다. 집에서 걸어서 이십 분은 걸리는 시장까지 오가며 다롱이를 찾아 헤맸다. 어린애가 동네를 그렇게 헤집고 다니니 가족들은 내가 없어졌다며 소란이 났다. 울면서 집에 들어가니 엄마 아빠한테 말도 안 하고 쏘다닌다며 혼났다. 알고 보니 다롱이는 옆집 개한테 놀러 간 거였다. 개집 앞에서 엉덩이를 씰룩이고 있었다고 오빠가 말해 줬다.

다롱이는 오래 살다가 소리 없이 떠났다.

삶에 자꾸 그런 일이 생긴다. 단 한 번의 만남 사이에 누구의 잘못도 아닌 원인만이 쌓여 고통만 남는다. 내 삶에 밀려 들어온 만남과 사건이 비극으로 치닫는 순간이 곳곳에 도사린다. 이미 너무나 많이 겪어 왔다.

그런데도 우리는 계속해서 슬픔과 싸우는 것이다. 기어코 만나기를 선택하여 삶의 일부를 빚

어낸다. 왜냐하면, 내일을 영위할 권리가 있으니까. 우리는 희망에 기댈 책임이 있다. 어느 날 덥석 찾아온 섬광의 순간은 사실 치열한 투쟁의 시간이 그린 궤적이라는 것을, 희망을 쟁취해 낸 사람만이 안다.

다롱이가 너무 외롭고 아프지 않게 떠났길 바란다. 내가 영원히 기억할 발끝의 체온. 나는 이 기억이 떠오르는 순간마다 아프겠지만 절대로 잊지 않을 것이다. 죽어도 잊고 싶지 않은 순간이 촘촘히 쌓여 있다면 좋겠다. 아픔이 결국엔 의도치 않은 날들에서 비롯한다면 말이다. 아마 강하고, 다채롭고, 수두룩이 아름다운 지난날이리라 기대한다. 그런 것들로 삶이 구성되면 좋겠다.

생일 증후군이라는 것이 있다.

봄이 오면 생일을 가장 먼저 생각한다. 봄철에 태어났으므로. 봄이 깊어지면 생일 증후군을 앓을 생각에 까마득하다.

이 증후군은 생일 때쯤이면 앓는, 때론 응급실 신세를 지게 되기도 하는 무시무시한 병이다. 혹, 생일을 앞둔 이들은 생일 증후군을 각별히 유의하길 바란다. 병명이 다소 생소할 수 있다. 왜냐하면 3초 전에 내가 만들었으니까.

하지만 이 생일 증후군이라는 것은 진짜로 있는 것이 분명하다. 왜냐하면 나는 이 증후군 때문에 진짜로 응급실 신세를 졌다. 하루 종일 속이 울렁거리고, 머리가 깨질 듯한 두통이 일더니 여러 번 토하고 새벽엔 응급실행이었다.

이상하지. 생일 하면 반짝이는 것만 떠오르는데. 케이크와 폭죽. 반짝이는 모자. 선물 박스와 편지. 전부 내가 좋아하는 것들. 그런데 나는 별안간 크게 목 놓아 울고 싶은 기분이 들었다. 어쩔 도리를 모르겠어서. 소중한 걸 잃어버렸는데 그게 뭔지 모르겠는, 갓 태어난 바람에 온통 낯설어 울음을 터뜨리는 아이처럼 울고 싶었다. 그래도 난 울지 않았다. 어른이니까. 또 생일이니까. 웃었다.

언제부터 생일 증후군이 나에게 불시착했을까. 그때는 생각했다. 형식상에 불과하더라도 마음을 주고받는 날이라는 것이 부담되어서라고, 지금까지 주고받았던 인연들과의 변화가 명명백백히 드러나는 날이라서 그렇다고. 나는 욕심이 많기도 하지. 태어난 날 소중한 것들을 잔뜩 받아놓고도 애써 부정했던 희미해진 인연들이 공고해졌다는 사실에 울고 싶은 기분이 된다.

언젠가부터 생일은 두 눈을 크게 뜨고 네 지나가는 시절을 똑바로 보라고 다그치는 날 같다.

투명해진 우리의 테두리.

시절들이 자꾸 나에게 왔다가 간다. 상황이 나에게 만들어 준 인연들이 일화와 감정을 덧대어 나에게 특별해지고, 나의 일부가 된다. 그리고 어느 순간, 이유도 없이 사라진다. 아무것도 아닌 것이 된다. 애써 얼굴을 마주해도 우리는 그날의 우리가 아니다. 우리의 길은 어느 순간 조각나서 각자의 길로 들어서고 만다.

그럼 그 시절의 우리는 뭐야?

밤새 공원을 걸었던 우리. 시시콜콜 전화를 하고 전화 한 통에 뛰쳐나와 수다를 떨고 떡볶이와 콜라와 편의점 소다와 싸구려 과일 맛 아이스크림을 녹여 먹었던 우리. 무수한 비밀을 산책로와 서로의 귓가에 버리며 공고해졌던 우리. 그런 우리가 어째서 이유도 알 수 없고 언제인지도 알 수 없는 공허의 시간 때문에 조각나야 하는 거야?

그것은 영원히 알 수 없는 우리의 비밀이다. 그 시절, 우리가 함께했던 것도, 어느 순간 우리가 이루 말할 수 없는 사이가 된 것도. 이름 붙일 수도 설명할 수도 없는 비밀이다. 그럼에도 우리의 삶은 비밀을 안고 계속된다. 시절을 쌓아 가며, 자라 가며 만나는 모든 너를 전부 끌어안고 나아갈 수는 없기 때문일지도 몰라. 그저 너를 비밀 속에 품고 계속되는 삶으로 간다. 우리의 길이 조각났어도 네가 내 안에서는 끊기지 않았으므로. 너는 여전히 내 안에 있다. 네가 존재했던 시절은 내 삶이 되어 나를 구성한다. 모두 쥐고 갈 수는 없으므로, 삶은 지속되므로.

그저 종종 뒤돌아보면서.

그런데 그거 알아?

내가 너에게 건넸던 모든 생일 축하의 뜻은,

네가 태어나서 나도 이 세상에 태어난 게 좋다는 뜻이야.

(안병현)

숨을 참고 가슴에 손을 대면

누군가 내 몸을 두드린다.

(안병현)

응대 데스크 앞에 놓인 사탕 바구니 안에 귤이 들어 있었다. 귤은 세 개밖에 들어 있지 않았는데도 바구니가 작은 탓인지 가득 차 보였다. 가지런히 담긴 과실은 잘 만든 모형처럼 탐스럽고 황적색 빛깔을 사방으로 뿜어 대고 있다. 신화 속 신들의 식탁 위에 오른 암브로시아*처럼. 이걸 먹어도 되나. 장식용으로 해둔 건가. 먹어도 되냐고 물어볼까. 먹고 싶은데. 그냥 먹어 버릴까? 사탕은 묻지 않고 자연스럽게 까먹지 않나? 귤도 자연스럽게 까먹으면 되지 않을까? 바구니 안에 담긴 거라면 묻지도 따지지도 않고 먹어도 될지 모른다. 팔 년 전 암으로 죽은 나의 외삼촌 또한 그랬으니까. 은행에 다녀오기만 하면 싸구려 사탕으로 불룩했던 그의 호주머니. 툭하면 주머니를 뒤집어

---

* 그리스 신화에 나오는 신들의 음식으로 불사(不死)를 의미한다.

자신의 입에 하나, 어린 나의 입에 하나를 넣어 주던, 인공적인 귤 향이 몸 안 가득 퍼지던 작은 열매. CT 사진 속, 외삼촌의 가느다란 뼈 곳곳에 열려 있던 하얀 열매를 본 가족들은 고개를 돌렸다. 몸 깊숙이 열매를 가득 숨겨 두고도 딱딱한 병원 침대에 누워 단 게 먹고 싶다고, 사탕이 있으면 하나 달라고 중얼거리던 마른 입. 그렇지. 죽음과 가까워질수록 자꾸만 단 게 당기기 마련이다. 나 또한 녹슨 배관에 줄을 걸어 목을 매단 이후 수시로 사탕을 입에 물고 있다. 하지만 노인들은 이가 없으므로 딱딱한 사탕보다는 귤이 훨씬 나을 것이다. 사탕을 먹다가 잇몸에 상처라도 난다면 은행원은 괜스레 미안한 마음이 들 테고 노인들 또한 자신의 처지에 슬퍼질 테니까. 그렇다면 그들을 위한 양식을 뺏어 먹기에는 죄책감이…….

"생일이 같네요." 귤을 내려다보고 있는데 은행원이 말을 걸어왔다. "저랑 생일이 같다고요." 나는 이게 무슨 말인가 싶어 은행원의 얼굴을 빤히 바라보다가 대수롭지 않은 듯, "그것참 신기한 일이네요” 대꾸하고는 다시 귤에 집중했다. 내 대답에 은행원은 과장되게 놀라며 자신이 여태껏 만나 온 사람들—문을 열고 들어오면서부터 기침을 멈추지 않던 노인과 개인 파산 신청 서류를 꺼내며 환하게 웃던 남자, 상담 내내 전화를 끊지 않은 채 신경질적으로 답하던 여자, 그리고 얼마 전 태어난 자신의 귀여운 조카—또한 우리 모두와 생일이 같다고 웃으며 말해 주었다. 발밑이 푹푹 꺼지는 것 같았다. 같은 날에 태어난 두 남녀가 정면으로 마주 보고 앉아 같은 날에 태어난 또 다른 존재들을 부르며 토로하는 시간. 대화가 길어질수록 나는 어디선가 살아가거나 죽어 가고 있는, 이름도 얼굴도 모르지만 생일이 같은 수많은 이들을 떠올리기 시작했다. 그러자 그들과 내가 도무지 끊어 낼 수 없는 인력으로 연결되어 있다는 느낌이 들었다. 사이좋게 밧줄을 묶은 채 숨을 쉴 때마다 서로를 조금씩 조여 오고 있다는 것을. 다시금 삶이 지긋지긋해진 나는 결국 음, 네, 그렇군요, 이 세 단어만 반복해 말하곤 대화를 마무리 지었다. 문을 열고 나가려는데 나보다 키가 한 뼘 정도 큰 청원 경찰이 자신의 모자를 공손하게 벗으며 문을 열어 주었다. "안녕히 가세요." 나는 그 인사가 마치 '앞으로도 영영 묶인 채로 살아가세요'처럼 들려 앞만 보고 빠르게 걸어 나갔다. 고개를 꼿꼿이 세운 채, 내 목에 감겨 있던 줄을 늘어트리면서.

나는 내 몸을 탐구한다. 욕실에서 따뜻한 물을 맞으며 몇 시간이고 몸을 뜯어 본다. 마치 다른 이의 몸을 살피듯이. 호기심이 가득한 시선으로. 내 몸에는 수술 자국이 하나, 둘, 셋, 넷, 다섯, 여섯, 일곱…… 다시 여섯. 정수리를 꿰맨 흔적은 스스로 볼 수 없기에 횟수에서 차감해야 할 것 같다. 눈에 보이지 않으면 그게 무엇이든 잊어버리게 되는 법이다. 기억에서 지워지는 순간 존재했던 시간 또한 잃어버리고 만다. 자꾸만 헛소리를 내뱉는 건 내가 잠을 푹 자지 못해 그런 건지도 모른다. 나는 푹신한 침대보다 딱딱한 수술 베드에서 더 깊게 잠들고, 창백한 손과 차가운 도구들이 나의 몸을 가를 때마다 쏟아지는 피를 떠올린다. 아니, 피 대신 잊지 못한 사람들이 솟구쳐 나왔을 거라고 믿는다. 그러기에 하얀 침대에서 눈만 뜨면 개운했던 것이라고, 돋아난 흉터를 쓰다듬으며 생각한다. 몸에서 시선을 떼지 못하는 걸 보아

이른 시일 내에 다시 한번 사람 하나가 빠져나가야 한다는 걸 육체가 본능적으로 알고 있는 것 같기도 하다. 육교에만 올라서면 뛰어내리고 싶은 충동이 드는 것도 그런 이유일 것이다. 달리는 버스만 마주하면 마음이 기울어 버리는 것도 같은 연유일 것이다. 그럴 때면 바지 주머니 안에 두 손을 가두고 충동을 다스린다. 나도 모르게 손과 발이 움직일 때가 있기에.

　십이 년 전, 차량 통제 바리케이드를 뛰어넘은 적이 있다. 옆에 있던 사람이 말릴 새도 없이. 그때만큼은 눈앞에 세워진 장애물을 뛰어넘는 행위만이 인생에서 가장 중요한 것처럼 여겨졌다. 나는 뛰었고, 차가운 쇠기둥에 한 손을 짚은 채 두 다리를 무사히 넘겼지만, 펜스에 발등이 걸린 나머지 중심을 잃고 고꾸라졌다. 온 체중이 실린 채 바닥에 떨어지는 왼 팔꿈치. 비명을 지르며 고개를 돌렸을 땐 왼손이 시야에 들어오지 않을 정도로 팔이 돌아가 있었다. 수술 직후 의사는 모니터 화면 위로 개복했던 팔꿈치 사진을 띄워 주었다.

가족들은 못 볼 걸 봤다는 듯 고개를 돌렸고 화면에는 오직 나의 얼굴만이 반사되었다. 살가죽을 일자로 갈라 사방으로 벌려 고정해 놓은 나의 팔. 나의 팔은 어린 시절 어느 시장에서 목격했던, 고무 대야에 덩그러니 놓인 그것처럼 보였다. 처음 마주한 고깃덩어리에 위화감을 느낀 나는 그것이 무엇인지 노인에게 물어보았다. 개지. 개고기야. 노인은 실실 웃으며 내게 속삭이고는 멍멍, 개 짖는 소리를 내었다. 나는 헛구역질을 하며 이 자리까지 도망쳐 왔다. 하지만 내 팔을 앞에 두고 도망칠 수는 없는 노릇이다. 고깃덩이에 불과한 내 몸에 눈을 떼서는 안 된다. 돌이켜보면 이 모든 문장이 그때는 그랬을 것이라는 추측에 지나지 않는다. 당시엔 무통 주사를 맞고 종일 기절하듯 잠들기 바빴으므로. 아마 그런 생각을 했더라도 금방 잊었을 것이다. 몇 개월간 착용했던 맞춤 보조기는 구부러진 팔이 다 펴지자마자 아파트 분리수거함에 버려졌다.

나는 이제 말해 보려 한다.
나의 몸에 깃든 여성의 언어를.

*

아무도 만나지 않았던 생일이 끝나 갈 무렵, 나는 문득 내 앞에 덩그러니 놓인 두 손을 보고 의아해진다. 이 손은 누구의 것이지? 그것은 청년의 손이라기엔 수척하고, 노인의 손이라고 부르기엔 검버섯 하나 피지 않았으며, 그렇다고 이름 모를 어느 여성의 손으로 인식하기엔 손가락 마디를 덮은 피부 껍질이 멍든 자두의 가죽처럼 보랏빛을 내며 쭈글쭈글해져 있다. 나는 펼쳐 두었던 책을 접어 두고 전보다 고개를 숙여 더 가까이 손을 바라본다. 스탠드 불빛의 조도를 한 단계, 두 단계, 아니 높일 수 있는 최대치의 단계로 올린 뒤 금방이라도 눈이 멀 것 같은 환한 빛 아래에서 천천히, 아주 천천히 손을 회전시켜 본다. 손등과 손날과 손바닥과 손가락, 그리고 그 끄트머리에서 쉼 없이 회오리치는 지문 사이사이까지 빛을 비추어 본다. 태어날 때부터 육체의 말단에 지어진 열 개의 미궁 깊숙한 곳까지 밝히도록. 그러자 어디선가 희미한 속삭임이 들린다. 눈부셔요. 화들짝 놀란 나는 주변을 둘러본다. 하지만 이 방에는 오직 의자에 종일 앉아 있던 나와 책상 위에 널브러진 책뿐이다. 가로 1,600, 세로 800밀리미터 면적의 네모난 섬 한편에 터전을 잡은 책들. 새로운 책이 수시로 섬을 침입해도 굳건히 자리를 지키는 책들. 나는 팔을 뻗어 소중한 이의 등을 쓸어주듯, 잠들어 있는 책들의 등을 쓰다듬어 본다. 그러고는 한 권 한 권 조심스럽게 들어 책상 한쪽에 눕힌다. 큰 책 위에 작은 책을, 작은 책 위에 더 작은 책을, 잠든 책 위에 잠든 책을. 뒤엉킨 이름들은 어느새 한자리에 쌓여 반듯한 비석처럼 보인다. 나는 비문(碑文)을 읽듯 그들의 이름을 속으로 찬찬히 불러 본다. 메리 루플. 최정례. 리디아 데

이비스. 엘렌 식수. 허수경. 클라리시 리스펙토르. 고이케 마사요. 데버라 리비. 이수명. 비비언 고닉……. 오래전 이미 죽음과 포옹했거나 죽음에 안기는 걸 두려워하지 않고 뚜벅뚜벅 걸어가는 중년 여성들의 이름을.

*

새삼 생각에 잠긴다. 왜 나의 손을 떠나지 않는 작가들은 모두 여성들인가. 왜 그들이 남긴 흔적만이 나의 손을 움직이게 하는가. 어째서 그들이 지어 놓은 건축물 앞에만 서면 나 또한 그 옆에 작은 모래성이라도 지어 보고 싶은가.

그것도 젊음을 이미 한참 전에 지나쳐 온, 젊음을 있는 힘껏 소진해 버린 여성들. 그 과정에서 너무 많은 사랑과 절망, 양극단을 수도 없이 오간 끝에 관조의 몸짓과 시선을 가지게 된 여성들. 보이지 않는 세계의 장막을 찢기 위해 충돌에 충돌을 거듭한 나머지 너덜너덜해진 여성들. 찢어진 몸과 마음 사이로 전보다 더 많은 빛이 찰랑이는 여성들. 찢어진 마음과 몸 사이로 더 많은 어둠이 눌어붙은 여성들. 그러기에 더 쉽게 감동하고 슬퍼하며 수시로 분노가 차오르는 여성들. 하지만 자신에게만큼은 어떤 연민도 허락지 않는 냉엄한 여성들. 누군가를 품었다가도 언제 그랬냐는 듯 떠나보낼 수 있는 여성들. 외롭고 고독한 여성들. 쓸쓸함 속에서도 아름다움을, 아름다움 속에서도 홀로 남겨질 이를 겹쳐 보는 여성들. 기쁨과 슬픔을 함부로 배출하지 않고 가슴속 작은 동굴 안에 종유석처럼 매다는 여성들. 움직일 때마다 깨지고 부딪히는 소리를 매일같이 들어야 하는 여성들. 활화산처럼 눈물이 터져 나오지 않는 여성들. 휴화산처럼 슬픔이 고요히 끓고 있는 여성들. 분명 평온해 보이는 얼굴임에도 패인 주름 위로 언뜻언뜻 그리운 이가 떠올랐다 가라앉는 탓에 울음을 참는 것처럼 보이는 여성들. 그럼에도 지금의 삶을 이어 나가려는, 이어 나아가고 있는, 이어 나아갔던, 유약하면서도 누구보다 강인한 중년 여성들.

이러한 여성들 곁에서 그들을 찬찬히 바라보고 있으면, 나는 몰랐던 사실을 깨우친 사람처럼, 자신이 누구인지 깨달아 버린 영혼처럼 알게 되는 것이다. 사람을 미워하면서도 사람을 사랑하려는 마음을. 설령 잃어버렸다 해도 되찾아 오려는 용기를. 결국, 모든 것이 사랑으로 귀결될 수 있다는 믿음을.

*

무언가를 보고 있다는 것은 무언가도 나를 보고 있다는 것과 같다. 응시는 순간적인 영혼의 맞바꿈이며, 마주침의 시간이 길어질수록 내가 보고 있던 대상의 영혼은—그것이 살아 있는 것이 아닌, 사물 혹은 텍스트라 할지라도—내 안으로 들어오기 마련이다.

그렇다면 중년 여성들의 글을 지독하게 찾아 읽은 내가 그들의 글에만 영혼의 진동을 느끼게 된 건 당연한 수순이었을 것이다. 중년 여성이 쓴 글은 그들의 삶이 그대로 찍혀 나오기 마련이니까. 육성 그 자체니까. 어쩌면 그들의 책을 마주하기 훨씬 이전부터 그들은 나를 바라보고 있었을지도 모른다. 그들이 나를 불렀기에 나는 그들의 책을 펼치게 되었고, 그들과 영혼을 교류하게 되었고, 어느덧 내 안에 중년 여성들이 가득 차게 된 것이겠지. 그렇기에 나는, 다시 한번 말해 보고 싶다. 중년 여성들의 언어를 보고 있으면 그들의 언어 또한 나의 언어를 본다. 그들의 영혼을 마주하면 도리 없이 나의 영혼 또한 발설된다. 그렇게 나는 나의 글을 쓰고 싶어진다. 나는 괜스레 다시 한번 그들의 이름을, 내 앞에 있는 중년 여성들의 이름을 소리 내어 불러 본다. 또박또박한 음성으로. **메리 루플. 최정례. 리디아 데이비스. 엘렌 식수. 허수경. 클라리시 리스펙토르. 고이케 마사요. 데버라 리비. 이수명. 비비언 고닉.** 손이 떨리기 시작한다. 손에 쥐고 있던 열 개의 미궁이 금방이라도 내려앉을 것처럼 흔들린다. 나의 의지와 무관

하게 두 손은 노트북 위로 기울어지고, 키보드를 두드릴 때마다 미궁은 하나둘 무너져 내린다. 무너진 미궁 때문인지 방 안은 먼지가 가득하다. 연거푸 재채기가 난다. 자꾸만 눈이 감긴다.

다시 눈을 떴을 땐 하얀 벌판을 반듯하게 가로질러 가는 여성들이 보인다. 그들은 서로의 손을 잡아 주고 서로의 등을 밀어 주며 앞으로 앞으로 나아간다. 어느덧 그들은 하얀 벌판의 지평선 위에 서서 벌판 밖에 있는 내게 손을 흔든다. 나를 향해 인사를 건네는 것 같기도, 이곳으로 오라며 부르는 것 같기도 하다. 나는 그들이 남긴 발자국 위로 나의 발을 포개어 본다. 그들의 발자국을 따라 천천히 걸어 본다.

하나의 산책을 끝냈을 때
창 너머로 검은 새가 비행하고 있었다.
금방이라도 추락할 것처럼 위태롭게
위태롭지만 휘청이지는 않게.

(오영미)

2017년 《시와사상》으로 등단했다.

시집 『닳지 않는 사랑을 주세요』

『모두가 예쁜 비치』가 있다.

최근 단백질을 열심히 챙겨 먹고 있다.

 | 살은 쪄도
맥주는 마시고 싶어

맙소사, 체중이 늘고 말았다! 사실 그럴 수밖에 없었다. 한동안 운동을 안 했고, 자주 맥주를 마셨기 때문이다. 체중 이야기를 꺼내니 어린 시절이 떠오르면서 급격히 우울해지는군. 하지만 봄에는 조금 우울해져도 괜찮다. 봄이라는 계절은 원래 사람을 울렁거리게 하니까. 사람을 한없이 늘어지게 하니까.

소아비만이었던 나는 언제나 "돼지"로 불렸다. 그래서 중학생이 되자마자 다이어트를 했다. 그 결과, 소위 말하는 정상 체중을 가지게 되었다. 그러나 다들 예상하다시피 요요 현상이 찾아왔고, 결국 또다시 극단적인 다이어트를 하여 겨우 몸을 되돌려 놓았다.

몸을 되돌려 놓다니, 기괴한 표현이지만 이것 말곤 달리 표현할 방법이 없다. 나는 살찐 상태의 나를 단 한 번도 긍정해 본 적이 없으며, 살찐 상태의 나를 마주하는 건 아주 고통스럽고 치욕적인 일이다. 살찐 상태의 나는 진짜 내가 아니다. 고작 그딴 게 나라니, 너무 끔찍하잖아!

나도 안다, 이게 결코 건강한 사고방식이 아니라는 것을. 오히려 아주 병든 사고방식이라는 사실을. 하지만 사람들은 건강하지 않을 때의 나를 사랑해 주고, 병들어 있을 때의 나를 예뻐해 준다. 이것 또한 틀림없는 진실이다.

안 되겠다. 여기서 더 우울해지면 감당이 안 되므로, 과거에 내가 썼던 연애소설이나 찾아서 읽어야겠다. 조금 우습게 들릴 수도 있겠지만, 과거의 나는 생각보다 정말 재미있는 연애소설을 썼더라. 그리고 우연하게 마주한 문장에서, 정확히는 스물세 살의 내가 쓴 문장을 읽으면서 묘하게 위안을 얻는다. 현재의 내가 과거의 나에게서 위안을 얻는다니, 제법 로맨틱한걸?

"미래를 예상하는 건 무의미한 짓이었다. 나는 이루고자 하는 그 무엇도, 바람도 없었기 때문

이다. 오직 현재를 살았다. 눈앞에 닥친 지금이,
순간만이 나에게 유일하고 견고했다."

가끔 카지이 모토지로의 짧은 산문인 「벚나무 아래에는(桜の樹の下には)」을 검색해서 읽곤 한다. "벚나무 아래에는 시체가 파묻혀 있다." 첫 문장이 주는 강렬함에 새삼 감탄하는 것도 잠시, 만개한 벚꽃잎을 보며 죽음을 떠올린, 서른한 살에 폐결핵으로 요절한 작가는 분명 마르고 파리한 인상의 소유자겠지, 막연히 기대하며 작가의 생전 사진을 찾아보고는 조금, 아니 사실은 꽤 많이 놀랐던 어느 날이 떠올라 머쓱하게 웃고 만다.

봄이란 계절은 죽음과 썩 잘 어울리는 계절이라고 감히 생각했던 시절이 있었다. 아름다운 봄날, 모두가 행복하고 반짝이는데 나는 전혀 행복하지도, 반짝이지도 않았기 때문이다. 그러므로 벚나무 아래 묻혀 벚나무를 생기롭게 만들어주는 주검이 되는 쪽이 훨씬 어울린다고, 스무 살의 나는 꽤 진지하게 생각했다. 덧붙여, 그 당시 나에게 있어 죽음이란 관념적인 것, 우울을 살짝

덧입힌 낭만이기도 했음을 솔직하게 고백한다.

그러나 스물두 살 되던 해의 늦가을, 할머니의 시신을 염(殮)하는 장면을 목격하고 나서부터 나는 더 이상 죽음을 낭만화할 수 없게 되었다. 언제나 단정하게 머리를 틀어 올려 곱게 쪽진 할머니는 그 어디에도 없었다. 딱딱한 나무 같은 주검이, 아주 작게 쪼그라든 육체가 삼베에 꽁꽁 쌓여 누워 있을 뿐이었다. 그 장면을 마주하자마자 걷잡을 수 없이 오열이 터져 나왔다.

쪼그라든 육체라는, 우울한 낭만을 덧댄 관념 따위가 아닌 구체적이고도 생생한 죽음이 나를 아프게 후려갈겼던 그날이 여전히 선연하다. 그리고 나 역시 언젠가 작게 쪼그라들어 땅속 깊이 묻히거나 화장될 것이다. 아울러 내 장례식에는 아라시의 〈Love situation〉이 꼭 흘러나왔으면 좋겠다는 생각을 잠깐 해봤는데…… 이왕 말이 나온 거, 장례식에서 반드시 틀어 줬으면 하는 플레이리스트나 한번 만들어 볼까?

오늘은 사랑하는 조카의 두 번째 생일이다. 사랑하는, 이라는 말 앞에 멋진 수식어를 붙여 조카를 사랑하는 내 마음을 그럴듯하게 표현하고 싶다. 하지만 도통 멋진 수식어가 떠오르지 않는다. 사랑은 새로운 언어를 발명한다고 누가 말했던가. 나는 이 말에 동의하고 싶지만 그럴 수 없게 되었다. 사랑할수록, 그 사랑을 표현하는 내 언어는 더없이 진부하고 단순해지고 만다.

혈육이라는 이유로 조카를 사랑하는 게 아니다. 무해하고 귀여운 존재라(이 말을 들을 때마다 솔직히 온몸에 소름이 돋는다) 사랑하는 것도 아니다. 조카가 생후 70일이 되었을 무렵, 남동생 부부 집에 한 달가량 머물며 조카를 돌본 경험이 없었다면 나는 이렇게까지 조카를 사랑하지 않았을 것이다.

목도 가누지 못해 안을 때마다 나를 잔뜩 긴장하게 하던 갓난아기가 어느덧 활발하게 뛰어

놀기를 좋아하고 음악에 맞춰 리듬을 타는 아이가 되었다. 조카가 성장하는 걸 바라볼 때마다 전형적인 봄의 이미지들이 떠오른다. 밝고, 따뜻하고, 온갖 것들이 흐드러지게 피어나는 봄. 너무 사랑스러워서 견딜 수 없는, 그런 봄. 새삼 나열하고 보니 하나도 새로울 게 없구나. 정말이지, 나는 새로운 사랑의 언어를 발명하는 데 완벽히 실패하고 말았다.

하지만 이제는 아무래도 좋다. 어쨌든 나는 조카를 사랑하고 조카도 나를 사랑한다고 믿는다……. 사실 조카가 날 사랑하지 않아도 상관없다. 내가 더 많이, 아주 많이 사랑하면 되니까. 그거면 된다.

(채수빈)

몸의 통각을 봉인하고 싶어서 쓴다.

패배를 짐작하며 쓴다.

작은 동생 덕분에 내 방은 사계절 내내 여름이다.

그러므로 계속할 수가 있다.

그런 순간이 있지 않니. 살면서 나도 모르게 어금니를 꽉 깨물어 턱이 아픈 순간. 입술을 앙다물고 닫힌 천장을 바라볼 때. 사거리 한복판에 이방인으로 서 있을 때. 모르고 싶었던 사실을 무방비하게 알게 되었을 때. 위턱과 아래턱이 서로 다른 극의 자석처럼 달라붙고 갇힌 혀는 경직된 채 뇌가 지시할 어떠한 신호를 기다려. 그 신호는 씨발, 하고 터져 나오는 음성의 형상을 띠는가 하면, 꼼짝 않던 몸을 벌떡 일으켜 곧장 담배와 라이터를 챙기는 충동의 형상을 띠기도 하고…… 아픈 곳은 턱이니까 턱을 달래 주어야만 하는데 자꾸만 이상한 쪽으로, 나쁜 쪽으로 행동이 튀어 나가는 때가 있어. 제어되지 않는 온갖 것들로 몸이 터져 버릴 것만 같은 순간들. 그러한 순간들이 철가루처럼 모여서 선으로 면으로 차원으로 형태를 갖추며 몸집을 부풀려 갈 때, 나는 간신히 머리

말을 더듬어 펜을 쥔다. 그리고 무엇이든 쓰기 시작해. 일기에 머무를 수도 시로 빚어질 수도 있는, 어쨌거나 말로서 태어났기 때문에 말일 수 있는 말들을 집요하게 써 내려. 낳아진 말들은 자립 같은 것 모른다는 듯 피부에 얼기설기 붙고 말아. 덩굴처럼 기생해. 그리하여 내게는 저들 간에 엉키고 풀어헤치고 묶이고 끊어지며 사력을 다하다가, 끝끝내 피부가 된 '말'들이 있어. '피부'들이 있어.

오늘은 턱이 아프지 않아서 삼 년 전에 쓴 일기를 다시 읽었어. 막 스물하나가 되었을 때 말이야. 난청 때문에 스테로이드를 과량 복용하면서도 술을 마시는 걸 도무지 멈출 수 없었어. 당시에는 술을, 정확히는 술에 의존하는 사람을 끔찍이 싫어했는데도 내가 그런 사람이 되었다는 사실을 견딜 수가 없어서 매일같이 술을 마셨어. 구갈을 물이 아니라 술로 해소하고, 작은 소음에도 귀가 찢어질 것 같아서 냉장고 코드를 뽑아 버렸어. 이런 정신 나간 상태를 단 두 문장으로 적어 두었더라. 아프지 않던 곳이 아프기 시작했다. Y는 내가 안 하던 짓을 하고 다녀서 그런 거라고 했다. 어디가 아팠고 무슨 행동을 했는지 자세히 기록할 힘이 없었나. 아니면 시간이 아주 지나고서도 그날의 내가 어떤 상실을 느꼈는지 기억할 걸 직감해서 두루뭉술 적었는지도 모르겠어. 그땐 턱이 아니라 귀가 아팠지만 나는 음악을 오래 공부한 사람이었으니까. 충분히 바닥이라고 생각했는데 그보다 더한 바닥이 있다는 사실이 무서웠고 내게 닥친 불행을 구체적으로 쓰는 것이 두려웠어. 다만 이제는 당시의 인과를 정정해 줄 수 있다. 내가 아팠던 건 운이 나빠서였고 행동은 나중이었어. 턱 그다음이 욕설이고 흡연이지 욕설과 흡연 이후에 턱이 아니다. 그러니까 나를 망가뜨린 건 내가 아니다. 이렇게 생각하면 어찌할 수 없었던 이미 지나가 버린 일들을 덜 곱씹을 수 있게 되는 것 같아. 나쁜 생각을 조금이나마 덜어 낼 수 있게 되는 것 같아.

일기를 읽고 나서는 복숭아 향의 바디워시로 몸을 구석구석 씻고 스타벅스 딜리버리로 주문한

커스텀 밀크티와 크랜베리 토스트를 먹었어. 제리 주커의 〈사랑과 영혼〉을 조금 보다가 토토로가 잔뜩 그려진 머그잔에 산미 있는 원두를 따뜻하게 내려 마셨어. 블루투스 스피커로 '엔딩과 랜딩' 플레이리스트를 셔플로 틀어 두고 리오와 안다영, 전진희와 보수동쿨러를 골고루 들으며 이 편지를 썼어. 솔민. 나는 이런 방식으로 느리지만 분명하게 나의 공간을 지키는 법을 터득해 나가고 있어. 내가 선택한 집에서 내가 좋아하는 것들로 무장하고 또 과거의 나를 마주하고 인정하면서. 나를 한사코 벗어나려 하는 기억을 봉인하고자 쓰기를 계속하면서. 말을 낳아 피부를 건축하면서. 기억에게 시로 만든 집을 지어 주면서……. 그것이 아주 엉성하고 헐겁더라도 '무서워하면서도 끝까지 걸어가는' 힘을 얻는다. 여름의 노란 털을 빗길 때에도. 주광색 대신 전구색의 빛 아래서 시를 필사할 때도. 나의 행동 하나하나에 나를 향한 올곧은 애정이 깃들어 있어. 비로소 내가 나를 사랑하는 법을 알아. 솔민, 나는 천 배는 얇은 피부가 천 겹이 될 때까지 멈추지 않을 거야.

그래서 또다시 어느 한구석이 아프게 된다고 하더라도 무섭지 않을 수가 있어.
솔민의 몸과 마음이 괜찮아지길 진심으로 바라.

나는 수줍어서 그 어깨를 안아 준 적이 없었다*

아빠가 나보다 작아진 날로부터 이백 하고도 엿새가 더 흘렀다. 추적하자면, 봄부터 여름까지는 부적처럼 끼고 다니던 일기장 낱장마다 같은 문장을 꼬박 눌러 적었다. 어떤 기억은 기억하고 싶어도 달아나니까 정신 차리고 모든 걸 기록해야 해. 세뇌하듯 그랬다. 기록. 몇 날 몇 시 몇 분에 무엇을 했는지. 누구와 어떤 내용의 대화를 나누었는지. 당장의 생각과 감정. 감정은 특히나 날날이. 그리움 슬픔 죄책감 괴로움 후회 죽고 싶음 그만 살고 싶음 이런 건 안 돼. 추상성은 훗날에 짐작이 어려우므로 쓸모가 없는 기록이다. 아빠가 좋아하는 영화가 재개봉한다는 날짜. 아빠가 내게 가르친 것. 내가 아빠로부터 앗아 간 것. 앗아 가서는 영영 돌려주지 않은 것. 더 구체적으로.

* 허수경, 「레몬」에서.

더 필사적으로. 물에 젖어 불어난 책에 미간 구겨 가며 잉크를 덧씌우듯이. 나뭇가지처럼 굽은 등으로 도면 읽던 아빠의 손끝 따라가듯이. 다짐에서 비롯되었으나 다짐이라고 할 수는 없는 매일의 충동과 추동, 그 속에서도 거우 살아남은 말들이 있었다. 가을에는 그들을 건져 주었다. 백일흔하고도 엿새가 더 흐른 날이었다.

그로부터 한 달 전, 하마구치 류스케의 〈천국은 아직 멀어〉를 극장에서 보았다. 사고로 언니를 잃은 여자는 스크린에 정중히 고백한다. 언니에 관한 다큐멘터리를 만들지 않고는 새로운 작품을 만들 수 없을 것 같아요. 앞으로 나아갈 수 있도록 도와주세요. 그러나 남자는 언니의 죽음을 수단으로 이용하는 것이 아니냐며 여자의 고백을 질타한다. 나는 그들의 고백과 질타에 비스듬히 끼워져 반죽처럼 울었다. 자수를 고민하는 도둑이 되어 갈등했다. 나 역시 아빠에 관한 이야기를 하지 않고서는 시 쓰기를 지속할 수 없을 것 같아서. 사랑스러운 것들에게, 사랑하게 될 것만 같은 것들에게 더는 여지조차 주지 않겠다던 지난날 각오와 그에 대한 선언이라는 듯 시집들을 내 손으로 버렸던 궤적이 떠올랐고……. 조문 오셨던 분들의 목소리도 떠올랐다. 네 아빠가 네 자랑을 어찌나 많이 했는지. 너는 꼭 쓰렴. 아빠에 관한 글도 쓰렴. 아주 많이 쓰렴. 네 아빠가 그걸 바랐단다. 내 아빠가. 바랐단다. 내가 사랑하는 것을 다시금 내 손으로 찾기를.

그러므로 써야 했다. 고백으로 질타를 받거나 앞으로 나아가거나 또 한 번 잃어버리거나 따위의 미래 가정은 더 이상 중요치 않았다. 무엇이든지 써야겠다는 생각에만 사로잡혔다. 무작정 썼다. 그렇게 초고를 쓰는 데에만 네 시간이 걸렸다. 손가락에 날개가 돋은 것처럼 마구 써 내리다가 그대로 납작 엎드려 밑동처럼 엉엉 울다가 뚝 그치고 성큼성큼 담배를 피우다가, 몸부림을 반복하며 해가 뜨고서야 잠에 들 수 있었다. 하고 싶은 이야기를 더 첨예하게 하고 싶다는 마음으로. 보존하고 싶은 기억을 더 온전히 빚어내고 싶다

는 마음으로. 오래전 썼던 글들을 시라고 부를 수
는 없으니 '다시' 쓰기 시작했다기보다는 '기어코'
쓰기 시작했다는 말이 어울린다. 나는 기어코 시
를 썼다. 발이 없는 천사에게 발을 달아 주는 시.
아빠가 꼭 자유로워지기를 간절히 바라며. 생명
하나가 막 날개를 접은 저 무심한 영원을 향해[**],
아빠를 보냈다. 기록 아닌 시의 방식으로. 아빠가
나 모르게 원했던 방식으로.

[**] "저 공중에서 돌아오는 메아리 사이로 손을 집어넣
어/ 저 희미한 목소리를 오려 놓으려는 헛된 손짓이
있었다// 우린 시작을 시작했으므로/ 이미 작별이었
는데 그땐 몰랐다// 아빠, 너를 데려간 그곳/ 생명 하
나가 막 날개를 접은 저 무심한 영원으로" -김혜순,
「작별의 신체」에서.

아빠, 안녕. 그곳은 아직 봄이야?

무슨 말로 시작해도 시작하는 마음을 전부 담아낼 수는 없을 것 같아. 시작에는 언제나 커다란 용기가 필요한 법이라서 나는 아주 오래 머뭇거렸어. 머뭇거린 시간이 온통 사랑이라면 우리는 서로를 얼마나 많이 사랑한 걸까? 아빠는 내가 한 사랑보다 얼마나 더 큰 사랑을 했을지 하루도 빠짐없이 가늠해. 벚꽃이 무수하게 가지를 수놓은 그 봄에 펜을 쥔 아빠의 손끝에서 떨어져 나온 말들을. 그 말들이 잉크를 타고서 찢어진 이면지를 적신 과정을. 아빠의 오랜 용기와 그리움과 미안함을. 아빠와 나의 마지막 약속을. 그러니까 사랑에서 태동한 모든 진심을. 나는 매일매일 가늠하며 상상을 해. 아빠의 필체를 매만지면서 아주 성실하게 말이야.

아빠, 나는 그것을 편지라고 부르기로 했어. 유서라는 말은 슬프니까. 편지. 내가 아빠에게 편지를 쓰는 일은 오랜만이지. 솔직히 말하자면 언제가 마지막이었는지 기억이 나지 않아. 아빠를 생각하는 마음이 작아서 혹은 아빠를 그리워한 적이 없어서 편지를 쓰지 않은 건 아니야. 나는 늘 아빠를 생각했고 동시에 그리워해 왔어. 미워하는 순간도 결국에는 아빠를 떠올리는 순간이었으니까. 그 봄의 한 해 전에도 또 그 한 해 전에도…… 어쩌면 나는 정말이지 아빠만을 떠올린 거야. 그만큼 오래도록 미워했어. 미움이 길어질수록 머뭇거림이 함께 길어졌어. 종종 아빠에게 시 한 편과 살가운 연락을 보낸 건 죄책감을 덜기 위해서였어. 평생 나를 용서해 온 아빠를 나는 용서하기가 어려웠어. 아빠를 미워하고 미워하다가 미워하는 시간이 내 몸에 자꾸 쌓여서 나조차도 나를 미워하게 되었어. 미움 덩어리가 된 나. 그 신체를 거울로 마주하는 일이 얼마나 괴로웠는지. 나는 아빠를 빼닮아서 알아. 내가 아니면 누가 아빠를 안다고 할 수가 있겠어. 아빠, 아빠도 세상을 용서할 수가 없었지? 그래서 아빠의 그 신체를 견딜 수 없게 된 거지? 어느 누구에게도 미움 덩어리가 된 아빠를 보여 주고 싶지가 않았지?

그래도 조금만 더 보여 주지. 같이 맛있는 밥 먹기로 해놓고는.

누운 아빠의 몸을 만졌을 때의 서늘함이 또렷해. 아빠는 언제고 따뜻한 체온의 아빠였는데. 오늘같이 추운 겨울날에도 아빠의 몸은 열기로 가득했어. 눈이 펑펑 오던 때에 어린 내가 아빠 옷자락에 시린 손을 넣어 녹였잖아. 같이 커다란 눈사람을 만들고서 장난스레 아빠의 등에 문지르면 아빠는 웃는 고함을 질렀어. 나는 아빠의 반응이 즐거워서 계속 아빠를 만졌어. 둘이서 우스꽝스러운 사투를 벌이고 아빠는 나를 업어 주었어. 그날 본 보름달을 기억해. 달 달 무슨 달 쟁반같이 둥근 달…… 노래를 부르면서 새하얀 눈길을 저벅저벅 걷던 한밤중을 나는 여전히 기억하고 있어. 아빠가 내게 놓아주는 법을 가르쳐 주고 가지 않아서. 나는 불쑥 사로잡혀. 아빠의 뺨과 목, 팔과 손등의 서늘함에. 아빠의 체온을 내가 앗아 간 것만 같다는 슬픔에. 골몰하게 돼. 분명히 따뜻했던 우리 아빠의 온데간데없음에.

아빠, 약속을 말할 때 어떤 마음이었어? 사실 아빠는 약속을 말한 적이 없나. 꽃구경에 들뜬 내가 멋대로 약속기리를 나열해서 아빠는 그러겠다고 할 수밖에 없었던 걸까. 하지만 나로서는 그날따라 약속을 만들고 싶었어. 아주 많이 만들어서 어쩐지 오늘이 마지막일 것만 같은 그 목소리를 붙들어 두고 싶었어. 아빠도 알지. 나 촉 되게 좋은 거. 이상하리만치 완벽하게 반짝거리는 날이었고 그 완벽함이 너무나도 수상쩍어서 외면하고 싶었어. 아빠. 이제 나는 완벽을 믿지 않아. 약속도 믿지 않아. 뭐랄까. 약속을 하는 사람의 마음을 믿지 않는 게 아니라, 그것이 이루어질 거라는 기대를 하지 않게 된 거야. 고집스러워 보일 정도로 약속을 꽉 붙들며 살던 내가 단숨에 겁쟁이가 되어 버렸어. 비겁한 어른이 되어 가고 있어. 아빠는 겁 없이 당찬 나를 응원했는데. 그치만 이러한 변화가 싫지는 않아. 생전 겁이 많았던 우리 아빠를 더 빼닮아 가는 과정이라고 생각해. 고전 영화를 좋아하고, 일요일마다 짜파게티를 끓이고, 이어폰 밖으로 새어 나갈 만큼 음악을 크게 듣는. 아빠.

사랑하는 사람을 가장 효과적으로 기억하는 방법은 뭘까. 나는 아빠를 기억하려고 오랫동안 이 질문을 고민했어. 올해에 쓴 졸업논문 두 편 모두 애도론을 다뤘고 애도에 관한 책이라면 시집이든 소설이든 가리지 않으며 게걸스레 읽었어. 가을과 겨울에 걸쳐 쓴 시들도 전부 애도하는 마음으로 썼어. 거창하다. 그치. 애도라는 말은 사별자 앞에서 거창해. 사실은 아빠, 사랑하는 사람을 기억하는 일에 애도 같은 건 필요 없어. 얼마나 잘 기억하는지, 얼마나 윤리적으로 기억하는지 그런 거 하등 쓸모가 없더라. 그냥 사는 거지. 내가 살아 있는 게 곧 아빠를 기억하는 거지. 살아서 기억한다기보다는 살다와 기억하다가 동일한 단어인 거야. 왜냐하면 내 몸에 축적된 이십삼 년의 시간에 아빠의 지분이 굉장하니까. 내 손에는 아빠와 눈사람을 만들던 기억이 있고, 내 발에는 아빠가 신발 끈을 묶어 주던 기억이 있어. 내 뺨은 아빠의 수염 자국 촉감으로 까슬하고, 내 눈은 아빠의 눈과 판박이야. 거울을 볼 때면 아빠가 아른거려서 아빠, 나는 이제 내 몸을 미워할 수가 없어.

아빠도. 나도. 우리를 슬프게 한 그 어떤 것들도. 더 이상 미워하고 싶지 않아. 아빠가 내게 그러했던 것처럼 나는 사랑을 잘 해내고 싶어. 우선은 살아야지. 살아서 나이를 먹으며 언젠가 내가 아빠보다 나이가 많아지는 날까지 아빠를 사랑해야지. 그러면 아빠가 나를 사랑한 시간보다 내가 아빠를 사랑한 시간이 길어지는 거야. 내가 아빠를 사랑으로 이기는 거나 마찬가지야.

해내고 싶어. 그럴 수 있겠지?

생일 축하해, 아빠.
나도 너무너무 보고 싶어.

(이현호)

시집 『라이터 좀 빌립시다』 『아름다웠던

사람의 이름은 혼자』 『비물질』 등을 펴냈다.

"만지면 녹아 버려서 아무도 부를 수 없는

 슬픔의 초인종같이"

마지막으로 쓴 시의 마지막 구절이다.

사랑하던 사람과 다시는 보지 않기로 했다. 우산도 없이 소나기를 만난 것처럼, 사랑하는 사람은 사랑하던 사람이 되었다. 며칠 전의 일이다. 그 며칠간이 어땠는지는 잘 기억나지 않는다. 술병을 계속 비웠고, 장마같이 울었다. 고양이들은 왠지 평소보다 한 뼘쯤 더 가까이 와 있었다. 미룰 수 있는 일은 전부 미루며, 계속 술병을 비웠다. 장마철같이 울었다. 평소보다 두세 뼘쯤 더 가까이 고양이들 곁에 다가가서. 이 반복되는 생활에는 NG도 없었다.

며칠 전이라고는 했지만, 사실 정확한 날짜는 흐릿하다. 오늘이 언제지? 먹고살아야 해서 더는 집 안에만 머무를 수 없었다. 오랜만에 바라본 거울 속에는 늙고 더러운 사람이 있었다. 오물로 속이 꽉 막힌 목관악기 같았다. 죽을힘으로 불어도 오물은 빠지지 않고, 기껏해야 픽픽 바람 빠지는 소리나 날 것 같은. 기름기로 뭉친 머리와 형편

없이 자란 수염을 보며, 어렴풋이 지난 시간을 헤아려 보았다. 사랑하던 사람은 여전히 사랑하는 사람이었다.

바깥일을 마치고 돌아오는 길에 마트에 들러 가장 큰 쓰레기봉투를 샀다. 혹시 집에 불이 켜져 있지는 않을까, 그 사람이 와 있지는 않을까 괜한 기대도 했다. 현관문 여는 소리를 듣고 타닥타닥 마중 나오는 고양이들의 발소리를 들으며, 불을 켰다. 집 안의 불이란 불은 죄다 켰다. 새삼 정신을 차리고 둘러보니, 집 안에는 그의 흔적이 가득했다. 그가 사준 것, 그의 손때가 많이 묻은 것, 그가 두고 간 것, 그와 함께 쓰던 것을 보이는 족족 쓰레기봉투에 쑤셔 넣었다. 어린아이도 들어갈 듯한 75리터 쓰레기봉투 두 장이 금세 부풀었다. 그러고도 남은 게 적지 않았다. 남아 있는 것이, 남아 버린 것이, 남겨진 것이 너무 많았다.

쓰레기봉투를 뒤집어쓴 채 쭈그려 앉아 있고 싶은 마음을 꾹꾹 억누르며, 청소를 마쳤다. 청소라기보다는 토네이도가 집 안을 휩쓸고 간 모습에 가까웠다. 집 안을 샅샅이 비우고, 또 비웠다. 마침내, 터질 듯이 꽉꽉 눌러 담은 거대한 쓰레기봉투 두 장만이 남았다. 방 한가운데 덩그러니 놓인 쓰레기봉투들은 목이 없는 눈사람들 같았다. 위아래로 겹쳐 놓으면 한 명의 눈사람처럼 보일 듯했지만, 그럴 힘까지는 없었다. 무겁기 짝이 없는 쓰레기봉투를 하나씩 질질 끌어 간신히 밖에 내놓았다. 버리면 정말 이대로 모든 게 끝날 것 같다는 두려움이 자꾸 발목을 잡았다. 그러나, 여전히 사랑하는 사람은 이제 사랑하던 사람이 되어야 했다. 이 일을 NG 없이 해내야만, 내 삶도 남을 것이었다.

이인용 소파의 가운데 앉아, 휑해진 집 안을 다시 둘러봤다. 빈자리가 깊었다. 사라진 물건들의 이름을 하나하나 부르며, 끝에 안녕이라는 말을 덧붙였다. 그 물건들의 목록을 여기에 일일이 적으려다가 그만둔다. 너무 길다. 놓아준다. 잊는다. 간 것은 간 것이다. 갈 것은 가고, 남을 것은 남았다. 남아서 살기. 살아남기. 오늘은 술도 마시지 않고, 일찍 잠들려고 한다. 다른 생각이 나지 않게, 이 말들만 머릿속으로 되풀이하면서.

안녕.
너무 안녕하지는 말고.
안녕히.

늦은 새벽, 그와 헤어지고 집으로 돌아오는 길에 죽은 고라니를 보았다. 로드킬이었다. 목이 돌아간 고라니의 새까만 눈동자가 전조등 빛 속으로 뛰어들며, 나와 눈이 마주쳤다. 외진 도로도 아니고, 산길도 아닌 도심 한복판 사거리에 누워 있던 고라니. 가까이 산도 없는데, 어떻게 거기까지 왔을까. 차라리 비유나 상상이면 좋으련만, 이상한 현실이었다. 고양이도, 쥐도, 비둘기도 아니고. 고라니라니. 처음이었다.

오늘로 보름쯤 지났을까. 그 뒤로 그 길을 두어 번쯤 더 지나다녔으나, 고라니는 다시 보지 못했다. 누가 그 큰 짐승을 실어 갔나. 처음부터 그런 적이 없었다는 듯이, 전조등 불빛에 흑진주같이 빛나던 눈동자는 핏자국도 없이 사라졌다. 아니, 솔직히 사실을 말하자면, 우리 집에 와 있다. 그날, 침실 벽을 멍하니 바라보다가 몸을 틀었을 때, 그의 베개에 죽은 고라니의 머리가 놓여 있었다. 나는 어째서인지 놀라지도 않고, 꼭 일어나야 할 일이 일어났다는 듯이, 90도로 꺾인 그 목을 쓰다듬으며, 괜찮다고 괜찮다고 말하다가 잠들었다.

다음 날도, 다음다음 날도, 자려고 누우면 어느새 고라니가 옆에 와 누워 있었다. 매일매일 눈빛이 깊어 갔다. 오늘 고라니 이야기를 일기로 쓰는 까닭은, 문득 요즈음 고라니가 보이지 않음을 깨달아서다. 어디로 사라졌니. 안식처를 찾은 걸까. 깊어지고 깊어지다가, 내 방에 찾아드는 밤과 분간할 수 없을 만큼 어두워져 버렸나. 나 아닌 사람의 마음처럼, 영원히 알 수 없겠지.

이상하게 왔으니 이상하게 사라져도 이상한 일은 아니다. 다만, 지금도 이상한 것은 왜 하필 그때, 그 순간이었을까. 내 생애 처음으로 로드킬 당한 고라니를 본 것은.

떼어도 떼어도 계속 나오는 스티커. 그가 집 안 곳곳에 붙였던 스티커. 대청소하던 날 속속들이 뒤져서 떼어 내었던 스티커. 그 뒤로도 눈에 띄는 족족 잡아 뜯은 스티커. 전등 스위치에도 스피커에도 스테이플러에도 서랍장에도 커피포트에도 프린터에도 창틀에도 고양이 사료통에도 붙어 있던 스티커. 뜯다가 찢어지는 스티커. 찢어진 채 웃는 스티커. 윙크하는 스티커. 가장자리만 까맣게 때가 탄 스티커. 불 끄면 빛나는 야광 스티커. 손톱만 한 고양이 스티커. 손톱으로 살살 긁는 스티커. 접착제 눌어붙은 스티커. 호호 불어도 보는 스티커. 칼로 긁어도 수세미로 문질러도 깨끗하게는 안 지워지는 스티커. 머물던 자리가 끈적끈적한 스티커. 자국을 남기는 스티커. 흔적을 남기는 스티커. 한동안 안 보이다가 냉장고 반찬통에서 오늘 또 튀어나온 스티커. 한 장을 떼면, 두 장 세 장 내 마음에 달라붙는 스티커. 머릿속에도 아직 덕지덕지 스티커.

　　오늘은 내 생일이야.
　　우리가 이 생에 스티커를 붙인 날.

　　너도 스티커, 나도 스티커.

　　말끔하게 떨어지면 기분 좋은,
　　스티커. 스티커. 스티커.

(윤지슬)

글을 쓰고 만지는 일을 하고 있습니다.

행복하게 사는 법을 연습 중입니다.

―일 년이 뭐예요?

현이(가명)가 물었다.

―지금은 봄이라서 꽃이 피잖아? 조금 있으면 여름이 되어서 더워질 거야. 그러다 보면 바람이 조금 차가워지고 나무들에 단풍이 드는데 그럼 가을이 온 거지. 그러다 겨울이 되면 가끔 눈이 내리고, 많이 춥고, 새해가 되면 현이가 한 살을 더 먹어서 여덟 살이 되고 그럼 학교에 가겠지. 그게 일 년이라는 거야.

한글을 가르치다 말고 계절과 시간의 흐름을 설명하며 나도 새삼 그렇구나, 일 년이란 그런 것이지, 생각한다.

일주일에 한 번씩 보육원에 가 여섯 살 현이를 가르치고 있다. 세상은 아직 '고아원'이라는 단어를 더 익숙해하고, 그 단어 앞에 슬픈 표정을 짓는다. 남들보다 일찍 부모와 떨어져 단체 생활을 한다는 것은 분명 어려운 구석이 있다. 하지만 다른 아이들의 삶이 그렇듯, 이곳에도 슬픔과 아픔만 있는 것은 아니다.

부모가 아닌 여러 어른의 집을 떠돌았던 어린 날을 돌아보면, 참 고생이 많았지 싶을 때가 있다. 그렇게 지내다 보니 갑자기 세상은 오늘부터 너는 어른이라고 말해 주었다. 그때, 그러니까 몇 년 전 고작 스무 살이던 때, 나는 문득 내가 어떤 커다란 구멍을 갖고 있다는 걸 알아차렸다. 그저 살아서 버티느라 바빴던 내 어린 날에 부재했던 돌봄과 애정이 그 시기를 완전히 지나고 나서야 눈에 들어왔다. 남들에게 그 구멍이 들킬까 봐 덜컥 겁이 났다. 사랑, 그게 뭘까. 남들은 당연하게 받고 자랐다는 그것만 있으면 남들처럼 그럴싸해 보일 것 같아 훔쳐서라도 구멍을 꽁꽁 메우고 싶었다.

일기를 쓰는 지금 이 순간도 구멍은 그 자리에 있다. 어쩌면 내게만 있지는 않을 구멍, 그러나 꼭 내 가슴만 한 크기에 꼭 나와 같은 얼굴을 한 세상에 하나뿐인 구멍이. 구멍이 자랑스러울 것이야 없지만 부끄럽지도 않아진 까닭은 어쩌면 구멍만을 들여다보기엔 내 눈과 손이 너무 바빴던 탓인지도 모르겠다. 스무 살, 대학 대신 일자리를 구하고 병원에서, 보육원에서, 복지관에서 또 학교와 가정에서 많은 아이를 돌보고 살폈다. 잠깐 사이 자라 있고 또 잠깐 사이 넘어져 버리는 아기와 어린이들의 눈을 들여다보고 밥을 먹이고 코를 닦아 주느라 나는, 나의 구멍보다 바빴다.

보육원에서 현이네 방을 담당하는 선생님들이 자리를 비울 때면, 나는 정해진 봉사 시간보다 더 그곳에 머물기도 한다. 한글을 가르치러 간 나는 때로 현이의 머리를 말려 주고 옷을 입혀 주고 또 가끔은 한참을 무릎에 안고 있는다. 현이만 한 어린아이를 무릎에 앉히면, 자그만 정수리에서 따끈한 기운이 올라온다. 오늘 거기에 잠깐 뺨을 묻고 생각했다. 사랑을 기다리던 어린 시절이 지나간 일에 대해. 이렇게 성큼, 어른이 되어 버린 일에 대해.

무덤에는 그늘이 없구나. 상주가 되어 장지로 가던 날 새삼스레 알아차렸다. 어떤 나무도 건물도 그늘을 드리우지 않아 봄이지만 여름 같고 햇볕이 따가울 만큼 밝던 곳. 그곳에서 땅속에 유골함을 넣고 내 손으로 흙을 떠 뿌리던 순간을 기억한다.

한때 부모 대신 나를 길렀던 당신. 소년병이었던 당신은 와병 생활이 시작된 후 한낮에도 가만히 누워 라디오를 듣고, 전쟁 때 감시당하던 기억에서 벗어나지 못하며 저녁만 되면 집 안의 모든 불을 꺼버렸지. 가끔, 그때 그 어둑한 방 안에서 평생을 살아온 것 같을 때가 있다. 내게는 그런 방이 참 많다. 하루가 온통 축축하고 어둡고, 그 안에서 너무 아프고, 그게 매일이고 일 년이고 평생인 것 같을 때 나는 자주 그러한 그늘에서 벗어나고 싶었다.

당신은 지금, 햇빛 속에 있을까. 어떤 고통

도 전쟁도 질병도 더는 당신 위로 그늘을 드리우지 않을까. 그러나 오늘도 내 가슴은 너무나 아프다. 당신은 다가올 여름을 보지 못하고 떠나갔다. 숨 막히는 더위도 기나긴 장마도 살을 에는 추위도 겪지 못하고, 영원히 봄에 있을 것이다. 당신을 마지막으로 묻고 온 자리엔 그늘이 없었다. 당신의 비석을 만지면, 손이 델 만큼 뜨거웠지. 여전히 그늘진 이 생 한가운데 선 채로, 묘지들이 얼마나 양지바른 곳에 있는가 알아차리고 마음이 저리던 바로 그날에.

당신이 어디 있는지 알 수 있다는 사실 하나가 다행스럽게 여겨진다. 내가 그걸 알 수 있게 해주어서 고맙다고도 생각한다. 장례를 치르지 못한 채 떠나보내야 했던 사람들도 있기 때문이다. 그러니까 예를 들면 사랑하던 사람이 죽은 것을 몇 해가 지나고 나서야 알았던 때처럼. 인사 없이 헤어져야 했던 그들은 어디로 갔을까. 총선이라는 오늘, 투표를 마치고 늦게 핀 꽃들이 무리 지은 인도를 걸으며 속으로 물었다. 그늘진 이곳에도

햇볕 뜨거운 저곳에도 그들의 얼굴은 없어서, 나
는 늘 길을 헤맨다.

　새 책을 펴낼 준비를 하고 있다. 글을 만지는 일을 하게 될 줄은 정말 몰랐는데, 그런 일을 하며 지내고 있다. 사실 내가 익숙한 세계는 주로 **몸을 움직여 누군가를 돌보는 세계**였다. 그간은 주로 아이들을 돌보고, 가르치고, 치료하는 일을 도우면서 돈을 벌었다. 먹고 살기 위해서였고, 무척 힘든 구석이 있었지만 그래도 그 세계가 좋았다. 나는 살아 있는 것이 세상을 향해 호기심의 눈을 반짝이는 순간이 좋다. 그것이 좋아서 아이들 주변에서, 고양이와 강아지가 있는 마룻바닥에서, 무언가가 살아 있는 곳에서 자꾸 맴돌았다. 우리는 다른 얼굴과 울음소리를 갖고 같은 세상을 각자의 눈으로 바라보고, 같은 바람을 각자의 숨으로 들이쉬며 살아간다. 이것이 아주, 경이롭고 즐겁다고 생각한다.

　오랜만에 동네를 산책하다가 꽃나무들이 무리 지은 곳을 발견했다. 하얗고 작은 꽃송이들이 너무 뜨겁지도 차갑지도 않은 바람 아래 흔들린다. 라일락이 있나, 찾아보는데 라일락은 보이지 않는다. 어릴 적 학교 가는 길에 있던 가파른 언덕엔 담장 높은 집들이 드문드문 있었다. 봄이면 아침마다 담장 위에서 라일락 향기가 풍겨왔던 일이 잊히지 않는다. 동네를 떠나오던 날, 어른이 되어 돌아오고 싶다고 생각했지만 이제 예전의 가난과 낡음을 벗고 부촌이 된 그곳엔 나의 자리가 없다. 죽어서 내 곁을 떠나간 존재들을 생각한다. 부모 대신 나를 길러 준 어른들, 이리저리 떠밀리듯 떠나온 후 개발되어 버린 동네, 그 시간 동안 벌어진 사건 사고로 눈앞에서 잃어야 했던 추억 어린 세간과 유품들, 그리고 내가 사랑한 당신. 그중 누구도 천국에서 안온히 쉬고 있지 않다. 고통스러운 얼굴로 이곳을 떠돌지도 않는다. 그들은 영원히 사라졌고 그들의 시간은 끝났다. 당신은 다시는 배고프거나 아파하지 못할 것이다. 일기장의 종이 뭉치는 더는 바랠 일도 먼지 낄 일도 없으며 오래된 언덕 위 집들은 이제 더는 낙후된 채 수리를 기다리지 않는다.

그렇다면 나는 그 존재들을 더 이상 사랑하지 않는가. 다시는 만질 수도, 얼굴을 묻고 온기를 느낄 수도, 늙어 가고 낡아 가고 희미해지는 모습을 지켜볼 수도 없어진 존재들을. 한때는 그렇게 믿고 싶었다. 그 모두가 생생히 존재하며 내 몸을 받아 주고 내 손길을 기다리고 정물조차 꼭 생명 같았을 때를 기억하면 감당할 수 없이 괴로웠다. 그 사실을 잊으려고, 거기서 아주 멀리멀리 가려고 했다. 하지만 한참 걸어온 것 같아 뒤돌아보면, 나는 여전히 사랑하던 것들을 잃은 바로 그 자리에 서 있었다. 한때 살아 있던 것들이 깊숙이 남기고 간 의미를 나는 결코 잊을 수 없었다.

그러니까 내가 정말로 궁금한 건 어쩌면 이런 것일지도 모른다. 글을 쓰는 일이 무엇도 살려 내거나 보장해 주지 못한다 해도, 내가 끝내 삶의 여러 기쁨과 경험과 추억을 잃은 채 남겨진다 해도 나는 여전히 나의 글자와 그걸 써 내리는 내 손을 사랑할 수 있을까. 아무도 대신 알려 주지 않

아서, 나는 여전히 답을 기다리고 죽음을 기억한
다. 내가 기억하는 죽음과 탄생을 쓰고, 기리고,
이름 부른다. 그럴 때 내 방엔 삶과 죽음 사이 작
은 그림자가 찾아와 가만히 등을 데우고 간다.

(이혜미)

겨울에 태어났지만 봄을 가장 좋아한다. 옥탑에서

정원을 가꾸며 빛을 저장하는 법을 배우고 있다.

시집 『보라의 바깥』 『뜻밖의 바닐라』

『빛의 자격을 얻어』 『흉터 쿠키』 등이 있다.

꽃과 우울의 계절이 날개를 펼 때

한숨 자고 일어나 구름을 바라보는 오후 세시. 곪어 부스럼도 이유가 있겠지. 필요한 과정이라고 생각하면 어제 충동적으로 산 비키니에도 나름의 명분은 있을 것이다. 쓸데없이. 자잘한 물건들 사이에서 위로받으며. 뜻과 의미를 찾아다니지만 의미 없음만을 선물 받아 창고에 자리가 부족해진다. 바람도 비도 지나간다. 웃으며. 울며. 울다 웃으며. 천둥 번개를 기다리는 마음이란 그런 것일까. 가능성과 여지 사이 어딘가에서 언니도 드라이브 중일 것이다. 잘 마무리해서 평화의 한동안을 보내야 한다. 그럴 수 있을까. 어느 쪽이든 슬플 것이다. 조금의 빛으로 연명하거나 아예 어둠 속으로 밀어 넣어지거나.

언니는 봄이면 무기력과 우울이 함께 찾아온다고 했다.

"자꾸 자라나려는 에너지들을 보면 정체된 나의 무력함을 절감하게 되는 거야."

노인들이 유독 봄에 많이 돌아가시는 이유도 그런 에너지의 불균형에서 오는 것일지도 모르지. 봄은 불쑥불쑥 돋아나는 것들을 보며 매번 놀라야 하는 성가신 계절이기도 하니까. 언니와 만난 일 년여간 봄은 늘 다른 형태로 찾아왔었다. 하기야 봄이 세 달뿐일 리는 없다. 여름은 더운 봄, 가을은 선선한 봄, 겨울은 추워진 봄이지. 봄의 여러 얼굴은 무력과 우울의 여러 얼굴이기도 하겠다.

여름에 다시 비키니 입고 같이 바다에 갈 수 있을까. 어지러이 튤립이 그려진 비키니를 입고 어디로 가려는 거예요? 붉게 칠해진 꽃들의 군단을 이끌고 낯선 날개를 얻으려고요? 미안하지만 꽃들은 우릴 위해 핀 것이 아니랍니다. 화려한 무늬로 스스로를 감싸려는 나약한 마음. 꽃무늬는 꽤 전투적인 무늬가 아닐까. 취약한 스스로를 드러내어 가장 들키고 싶지 않은 것을 보호하려 하니까.

화단에 식물들이 날개를 편다. 매일 감시하고 있는 창밖 나무에도 본격적인 초록이 솟는다. 잎사귀의 매일. 불안이 일궈 낸 형상인가 싶다가도 미래에서 흘려보낸 쪽지들이라 여기면 그저 수줍은 다정이겠거니. 안개가 서린 나무들의 어깨. 온도 차. 따듯해지는 공기와 아직 차가운 대지의 기운이 남아 흐리고 흰 것들을 만든다. 에너지의 불균형은 사람을 죽일 수도 있고 신비하게 만들 수도 있지. 봄 안개처럼. 밀려오고 뒤덮는. 공기의 털을 가진 흰 짐승. 순하고 무거운. 거대한 몸이다가도 곧 풀어져 숨어드는 마음. 입김처럼, 매듭짓지 않아도 알아서 아름다운 무늬를 만들어 내지. 모여드는 질문을 가지기 위해. 마음도 음이구나. 속내를 음악처럼 재생하면 그것이 인간의 계명이었어. 나는 수줍고 낯선 자들을 사랑하지. 너무나도 천박한 사람인 나머지. 다시 시작하는 봄에. 조금은 엄숙하게 서로의 옛날과 덮어 둔 상처를 꺼내 펼쳐야 하리라. 이 환한 창가 아래에서. 파편들을 모아 커다란 퍼즐을 만들어 내야 한다.

뒤덮인 실금으로 가득한 스테인드글라스를. 상처
와 금으로 이루어진 완전함을.

　　불안의 힘이다. 비어 있던 가지에 물이 차오
르고 참았던 초록을 터트리고 마는 일이란. 식물
을 심는 건 그들이 시간을 머금었다 놓아주는 것
을 목격하려 했던 것뿐이지 가지려 했던 건 아니
야. 조금씩 떨리며 자라나는 중이겠지. 어떻게든
나아가기 위해 마음의 불 속으로 뛰어들어야 할
까. 각오했으니 두려웠겠지. 나무에 앉은 작은 새
도 불안의 힘으로 고개를 이리저리 까닥인다. 날
개 밑에 도사린 바람의 기운으로. 봄을 맞아 뿌리
의 고려와 결심, 숙고의 시간을 짐작하는 일. 기다
리는 줄도 모르고 기다리기. 침엽수가 흔들린다.
바늘 끝으로 바람 만지기. 펜 끝으로 세계 만지기.
수많은 펜촉을 허공에 뻗어 두었으니 나무도 불
안하겠지. 살아 있음의 불안. 쓰고 있음의 쓸쓸함.
지극함만 가지고 그 떨리며 자라나는 마음들 앞
에 나아가야지. 비키니를 입고. 불완전함의 아름

다움을 믿으며. 매일의 성취가 있는 한 불안을 아
주 미워할 수는 없겠다.

언니는 자신이 써 주었던 수많은 편지를 담은 꾸러미를 들고, 문을 열고, 계단을 내려갔다. 나는 차가운 바닥에 누워 점차 깊어지는 발소리를, 그 멀어지는 진동을 들었지. 발소리는 방향을 바꿔 다시 올라오려는 듯 커졌는데……

……무엇도 다시 올라오지 않았고, 닫힌 문을 두드리지 않았고, 바닥에 누운 나의 머리카락과 이마를 짚어 주지 않았고, 키스하며 돌아왔다고 이야기해 주지 않았고, 나 역시 그의 목덜미를 잡고 기다렸다며, 이 모든 것을 다시 시작하자고, 가슴 뜨거워지며 끌어안지 않았고, 않았고, 않았고. 발소리는 땅속으로 서서히 꺼져 들어갔고, 옥탑은 무덤 속처럼 고요해졌다.

비가 오고 나는 작은 보틀의 와인을 두어 잔쯤 마셨어. 그건 좋은 일. 어둠을 가로질러 내리는 빛. 지붕을 울리는 빛소리. 부풀어 오르다 펼쳐지는 것. 흐린 방울들이 모여 이루는 세계가 있다. 작은 유리병에 담긴 독한 것들. 마실수록 멀어지는 포도와 위험한 잠시. 돌려보낸 편지가 아깝다고 생각하다가 좀 웃었다. 글자를 소유해서 무엇해. 어쩔 수 없이 잃어버려야 하는 문장들도 있다. 우리는 서로를 통과하며 새로움에게로 잠겨 드는 거겠지. 걸음마다 길을 잃으며 길을 얻으며.

언니는 말했었다.

"들려오는 음을 지나가지 않고서는 음악을 들을 수 없잖아."

그렇겠지. 음을 잃어버리지 않고는 음악을 가질 수 없다. 우리가 시간에게 매 순간 버려지며 미래로 나아가듯이. 마음이 음이듯 걸음도 음이다. 하염없어도 멈추기는 어렵지. 음악은 이어져야 하고 떠난 발소리는 죽은 마음의 세계를 향해 간다.

창문으로 달팽이가 드나드는 계절. 민달팽이들은 생각보다 빠르게 기어다닌다. 끈적한 잠, 헤어 나올 수 없는 꿈 같다. 이미 눈을 감았으니 세상이 온통 방향 없는 감촉 속이겠지. 온몸으로 세계를 감각하며 걷는다는 건 어떤 기분일까. 역시 외롭지 않을까. 그래도 시를 한 편 쓰니 모든 게 괜찮은 기분. 늘 이렇게 집중할 수 있으면 좋겠는데. 인간도 민달팽이와 다를 것 없지. 벌겋게 드러난 몸으로 축축하게 닿는다. 그저 세계를 하염없이 만지다 갈 뿐. 창을 열고 부서질 밤하늘과 섬광을 기다린다. 부드럽게 밀려들어 오는 비의 입자.

시간이 지나며 다른 종류의 외로움을 조금씩 배워 가는 것 같다. 일어날 리 없으리라 생각했던 일이 일어나고. 무참하게도 그 감정 중 많은 것은 고독과 고난, 곤란에 대한 것들이다. 또한 그 감정에서 파생된 다행과 안정, 유지와 지킴, 성취나 모면 같은 복잡한 기쁨도 있다. 애초의 순수함과는 달리 약간의 어두운 빛을 띤 미소 같은. 그늘이 없이는 생겨나지 않았을 빛을 껴안은 감정들이다. 흠집과 부딪힘. 겹쳐진 존재들이 아무런 흠집 없이 그대로일 수는 없을 것이다. 부벼지고 스치고 어루만지고 때로 함부로 상처입히는 동안. 그렇게 얻어진 크고 작은 틈들이 서로에게 요철과 암호가 되어 준다면. 우리는 서로에게 준 생채기 속에서, 혹은 상대에게 받은 슬픔 속에서 사랑의 열림을 경험하기도 하니까. 방금 적은 글씨에서 잉크가 잠시 빛나듯 현재는 조금씩 휘황한 채로 우리를 비추지만.

드디어 번개가 온다. 하늘을 긋고 흘러내리는 빛을 바라봐. 깨질 수 있는 것은 모조리 깨져라. 바라고 싶은 것은 무엇이든 바라며, 잃어버릴 것은 남김없이 잃어버리며 철없이 욕망해야지. 민달팽이처럼. 지나가는 것. 비바람 속에 맨몸으로 서는 것 또한 애써 구해 얻은 장면이니. 주저 없이.

라일락이 떠나갔다. 놀랍지 않다. 시간이 무력무럭 자라나 아름답던 그림자를 앗아가는 것이. 어제는 리코타 치즈를 만들었고 말려 두었던 금귤정과와 코코넛, 해바라기씨, 메이플 시럽, 바닐라 익스트랙을 넣어 과일 치즈를 만들었다. 채반 가득 방울토마토를 잘라 올려 선드라이 토마토 준비도 해두었지. 옥상에 죽어 있던 작은 새를 화단에 묻어 주었다. 방 안에서 말라 가던 꿀벌도 무덤가에 놓아주었다. 둘은 친구가 될 수 있을까. 붉은 매발톱 꽃그늘 아래에서.

꿈. 언니가 나왔다. 언제나처럼 어색하게 웃고 있었지. 함께 샤르도네 와인과 위스키 슬리시를 마시며. 냉장고를 들여다보는 나의 뒤에서 그는 어깨를 기대 왔다. 떨리는 불안한 달콤함으로. 느긋한 저녁을 보내고 싶었지만 행사 촬영 때문

에 나와야 했다. 손도 못 잡았네. 아깝게. 새벽에
깨어 몇 번이고 다시 잠을 청했다. 꿈인 것을 알면
서도 조금 더 함께 있으려고. 내가 꿈을 자각하자
그는 점점 말이 없어지고 얼굴이 사라져 갔다. 고
맙다고 말을 할걸. 어떤 인연은 헤어진 뒤가 진짜
구나. 그 많은 실패와 우스움이 오히려 마음을 끓
게 한다. 아름다웠던 모습보다 어리석고 바보 같
던, 허술하던 모습이 남아 결국 남겨진 사람을 울
게 한다.

　사랑 냄새.
　얼마나 지독하니.
　마음에 잠겨서.

　사랑에서 밀려 나온 사람이 사랑 냄새를 가
장 잘 맡는다. 단내에 취해 빛으로 얼룩진 얼굴을
봐. 도망할 수 없는 깊이 속에서, 눈빛이 이루어
내는 심연 속에서. 우리가 무엇을 바라보는 건 그
속에 빛으로 이루어진 물길을 흘려 넣는 것이라

고. 환한 입자들로 이루어진, 바닥없는 우물을 일
구고 있는 것이라고.

당신이 내 나무인가요? 내가 당신의 나침반
인가요? 당신은 뿌리를 털고 나아갔고 내 바늘은
헛돌았어요. 그럼에도 마음을 믿는 건 중요하겠
죠. 허망한 비유에 닿으려 하는 일은 거의 사랑에
가까울 수도 있겠죠. 하지만 실패한 비유들은 지
켜지지 못한 약속이 되어 마음을 어지럽히고 서
로를 상처입혀요. (……) 당신의 비유가 나였으면
좋겠어요. 그만큼 나도 아름답기를. 무뎌지지 않
기를. 후회 없이 마음을 부려둘 수 있기를. 가장
가까운 눈빛과 마음을 주기를.

답신을 보내고 숨을 참으며 다시 이불을 덮
었다. 닿아도 될까. 그는 예뻐 보이려 애를 썼지.
과연 예뻤다. 젖어서 더 아름다워진 머리카락. '반
짝이는' 이 대상이 중심인 말이라면, '눈부신'은
그 빛을 바라보는 사람의 상태가 앞서는 말이다.

객관적으로 그리 반짝이지 않는 것일지라도 눈부시게 바라볼 수 있다는 이야기. 반짝이는 것들은 이름 속에 있고. 눈부신 것들은 마음 안에 있다. 나는 눈을 찡그리며 아름다움에 압도된다. 도박판 구석에 앉은 밑천 적은 사람처럼. 떠나 버린 라일락 그늘 아래에서. 곧 여름이 올 텐데. 다시 만날 수 있을까. 작은 죽은 새의 몸을 딛고 백일홍들이 솟아오를 텐데.

여러 형태의 기록을 남기며 살아요.

(　연리　)

여러 형태의 기록을 남기며 살아요.

(　연리　)

계단을 내려가면 지하철이 모든 문을 활짝 열고 가만히 멈춰서 몸을 식히고 있는 모습을 자주 본다. 내부는 환하거나 캄캄하다. 그 안에 듬성듬성 벌어진 이빨처럼 사람들이 앉아 있다. 이 광경을 볼 때 마음에 깃드는 고요함이 있다. 어딘가로 떠나는 사람들. 영영 가거나 다시 돌아올 사람들. 물컹한 잇몸처럼 잠시 취약해진 승강장의 이 풍경을 좋아한다. 자주 보고 있다.

승강장에는 빛이 비산하는 중. 빛이라고 하기 싫다. 오지 말라고 하고 싶다. 이 단어를 그만 보고 싶다. 땅을 파서 묻어 버리고 자 이제부터 이건 없는 겁니다. 있어도 있다고 하지 않는 겁니다. 말하고 싶다. 그러나 단단한 땅 안에서. 새어 나온다. 빛이 있었다. 빛이 있다.

노랑을 만난 이런저런 색들은 이따금 더없이

특별해 보인다. 네가 입은 외투와 바지 곳곳에는 언제나 물감이 묻어 있지. 세탁해도 빠지지 않고. 그래서 그냥 둔다. 다른 방법을 찾아 지우려 하지 않는다. 그래서 좋았다. 그래서 좋다. 상황과 맞서 싸우며 많은 것을 지속하는, 지켜 내는 중인 사람이, 어떤 면에서는 정말 제대로 놓아 버리고 지내는 모습이. 많은 것과 어떤 것들이라고 뭉뚱그리는 건 내가 그것들을 명확하게 발음했을 때, 같은 말인데도 네 입에서 나오던 것과는 조금 다른 온기가 되고, 몰이해가 되고, 너에게 중요한 사건들을 만지작대는 것같이 느껴지기 때문에. 나는 오래 생각하고 고민한 뒤에 완벽하게 뭉뚱그린다.

지우지 않는 물감은 자조가 아니다. 그러나 체념은? 단념은? 아닐까.

아니시 않을지도. 멈추지 않는 사람의 부분적인 단념은 슬프게 아름답다. 무엇이든 해내는 사람이라는 말을 듣는 것이 싫다고, 이제 연락하지 않는 친구는 말했었다. 그때 알았다. 무엇이든

해내는 사람은 없구나. 사람은 무언가를 해내고 있을 뿐이다. 사람들은 그걸 본 거고. 나도

본다. 물감이 카페에 가는 것을. 물감이 집을 떠나는 것을. 물감이 집에 돌아오고. 물감이 동네를 가로질러 승강장에, 지하철에 서는 것을. 앉는 것을. 물감이 서울을 누빈다. 때가 되면 돌아온다. 이곳, 우리가 살 거라 상상한 적 없던 이 동네로. 우리 집으로.

물감을 기다리고 있다. 승강장에서.

면회실 벽 기다란 창문에는 풍경이 족자처럼 걸려 있었어. 풍경 속 나무. 이름은 몰라. 제대로 아는 나무가 별로 없어. 아직도 느티나무랑 버드나무가 헷갈려. 모습을 보면 전혀 다른데 왜 매번 헷갈릴까? 다른 이름들도 자주. 내 문제는 모르면서 그렇게 궁금해하지도 않는다는 거야. 그래서 소중해지지 않고. 계속 모르고. 가만히 보다가 사진 찍었어. 남는 건 사진이라고 들어서.

문이 열리고 휠체어를 탄 할머니를 보호사가 데리고 왔어. 검었던 머리는 백발이 되어 있고. 늘 까맣던 피부는 지나치게 희고 창백했어. 우리를 보자마자 울 것 같은 표정을 지었어. 대화를 나누면서 할머니는 우리를 나시 잊어버렸어. 엄마는 큰고모가 되고 동생은 사촌 동생이 되고 아빠는 몇 년 전에 돌아가신 작은아빠가 되고. 내 눈이 할머니의 눈을 지나 옆으로 아래로 가려고 할 때마다 꾹 감았어. 언제부턴가 사람 눈을 오랫동안 똑바로 바라보는 게 쉽지가 않아. 누구랑 대화하든 불쑥 고개를 돌리게 돼.

짧은 면회를 마친 뒤에 보호사가 할머니의 휠체어를 끌고 3층으로 가는 엘리베이터에 탔어. 할머니는 우리가 왔다는 걸 잊어버린 것 같았어. 이제 우리가 간다는 것도. 휠체어에 탄 뒷모습을. 늘어진 어깨를. 좁아지는 문 사이로 계속 보았어.

근처 식당에서 세 명은 선짓국 먹고 나는 갈비탕 먹었어. 맛집이라고 해서 왔는데 퀴퀴한 냄새 났어. 그래서 맛집 맞구나 생각했어. 대구에서 유명하다는 시장에 갔고 정말 무지 더웠고 나이 든 사람들이 드나드는 옷 가게들을 따라다녔어. 아빠는 티랑 바지를 샀고 동생은 신발 가게에서 신발을 하나 샀어. 나는 안 샀어. 팥빙수 먹었어. 먹방 유튜버가 다녀간 집이래. 나는 그냥 그랬어.

돌아오는 길 차 안에서는 땀이 계속 났어. 멍하니 있다가 엄마가 부르는 소리를 못 들었을 때. 옆에 있던 동생이 내 어깨를 툭 쳤어. 그거 하나에 기분이 바닥까지 내려가더라. 이렇게까지? 싶을 만큼 그랬어. 눈 감고 숨 쉬었어. 은은하게 머릿속에 있던 생각들이 점점 불어났어.

괴롭지 않고 싶었는데. 한동안 정말 괴롭지 않았는데. 괴로울 일이 없었는데 갑자기 괴로워져서. 무엇이 날 그렇게 만들었는지 알 수 없었어. 언젠가 썼던 한 쪽짜리 일기가 생각났어. 할머니가 큰고모에게 배웠다는 한글을 내 앞에서 쓰고 있고. 발음하는 걸 듣다가 무심코 벽에 걸린 달력 봤던 거. 맨 위에 광복절 치매 예방이라고 인쇄되어 있던. 용서하지 않은 걸 후회하는 날이 올까. 생각하던. 그날이 떠올랐어. 요양원에서 할머니를 만날 때도 떠오르지 않았었는데. 글자를 배우던 할머니는 그때의 나보다도 건강했던 거 같은데. 아무런 전조도 없었는데.

갑자기 앗 하는 소리에 앞을 봤어. 앞에 가던 차가 가드레일을 들이받았다가 튕겨 나오고 있었어. 잠깐 졸았던 거 같다고 아빠가 말했어. 아빠는 이제 소리 높이지 않고 동생은 내게 짜증 내지 않고 나는 나를 나에게만 보여 주지 않고. 시간이 많이 흘렀고. 누구는 힘이 빠졌지. 시간을 먹은 사람은 전처럼 소리치지 않는다. 집어던지지 않는다. 그런데 여전히 못 버티겠다고 말하면. 이 상황이 이해되지만 또다시 기분이 이렇게 되고 마는 이유를 모르겠다고. 말하면. 그때부터 나도 가해자인 거지. 그렇게 되는 게 싫어.

내가 뭘 원하는지 여전히 잘 모르지만. 몇 년 전까지 간절히 빌던 불운의 사고를 이제 바라지 않을 때도 있어. 한없던 자조에서 빠져나와 잊었던 그리움을 되찾기도 해. 후회를 지켜 내기도 해. 요즘은 그런 날들을 꽤 만나. 잘 살면서 계속 후회하고 싶어. 그러니까 나는 지금이 좋아.

지속할 수 있을까. 그르치고 싶지 않아. 내게
올 거라 상상해 본 적 없는 평화를. 흔들리지 않고
싶다. 함께 얘기했던 거북목의 업보도 청산하고
싶어.

쏟아지는 것이 버드나무라고 기억했었어.

한동안은 행동만 남은 사람이 되어 지내 보고 싶다. 잘 지내자고 말하던 마음의 묵묵한 집행자 되어. 수요일엔 신경과에 간다. 어떤 가능성이 있다고 들었다. 고작 가능성이라 별일 없을 것이다. 받아들이는 어느 하나. 그 뒤에는 대체로 시시했다. 과제를 줬으니 당분간 이걸로 살아 보라고. '감당할 수 없음'이 있는 줄도 몰랐던 표정을 지으며 있는 줄도 몰랐던 팔을 뻗어 지평선 너머로 날 밀어 버리는 장면을 상상했다.

그러나 잘 지내기로 했다. 잘 지내야 하니까. 견딤은 그저 견딤이지. 그걸 이해하지 못하면 고달파진다. 억울함 같은 게 싹트고 만다. 견뎌야 하는 사람을, 견뎌 주는 마음을 생각해 보자고, 누군가 말한다면. 이해한다, 이해했다, 그런 말은 들을 수 있겠지. 그런데 나는 그런 말이 듣고 싶은 게 아니니까. 잘 지내고 싶으니까. 응, 역시 잘 지내고 싶다.

　얼마나 슬픈지 이야기하는 건 전처럼 나에게 힘이 되지 않는다. 그조차 하지 않으면 내가 정말 아무것도 아닌 것 같았는데. 마음이 이제 많이 정리가 되었다. 그럼에도 사라지지 않는 슬픔은 쓰겠지만, 구체적인 이야기들을 용기라는 명목으로 꺼내지 않는. 용기를. 가끔 낼 수도 있겠다. 끝끝내 꺼내지 않은 그것은 단단하게 응축된 채 영영 몸 한구석에 박혀서 사라지지 않을 수도 있고. 별안간 잊어버릴 수도 있겠지만. 그렇게까지는 상상하고 싶지 않다. 그런 것보다는 내가 오래 모르던 것들이 궁금하다. 새 방에 어떤 가구를 어떻게 배치할지, 어떤 음악을 같이 듣고 어떤 음악을 홀로 듣게 될지. 청소를 자주 하는 사람이 될지.

　그냥 그 장면이 갖고 싶었다고 사실 다른 건 바라는 게 없다고, 더 뭘 좋아해야 할지 알 수 없다고 그런 건 상상이 되지 않는다고. 말하는 거 말이야. 볼 만한 짐짝으로 남았다가 내놓아지면 그걸로 됐다는 그 마음 말이야. 이런 식으로는 아무것도 지켜낼 수가 없어. 남아서 쥐고 싶다. 만나고 싶다. 다가오는 있는, 아직 모르는 음악과 시를. 사람들을. 봄을.

궁금해? 정말?
모르겠다.

모르겠지만 만난다.

(권누리)

대구에서 태어나고 자랐다.

시집『한여름 손잡기』

『오늘부터 영원히 생일』등을 썼다.

사랑과 애도를 연습하며 살아가고 있다.

오랜만에 꿈에 구구가 나왔다.
잊지 않기 위해 써둔다.

구구는 전면 유리창이 있는 카페 안에 앉아 있었다. 머리카락이 그새 길었다. 왼손으로 열은 분홍색 유리 머들러를 휘젓고 있었는데, 어떤 음료를 고른 것인지는 알 수 없었다. 구구는 컵을 내려다보고 빈 벽을 보고 턱을 괴고. 노래를 듣고 있는 것 같기도 했으나…… 어쩌면 그냥 속에서 떠오르는 노래를 혼자 부르고 있는 것일지도 몰랐다. 나는 구구가 노래 부르는 목소리를 참 좋아했는데 그 말을 한 번도 전해 준 적이 없다.

꿈인데도, 어쩐지 그 카페 안으로 들어서지 못하고 길가에서 한참을 서 있었다. 꿈인 것을 알았으면서 인사할 용기를 내지 않았던 게 구구를 향한 나의 사랑. 그 애가 무엇을 하든 나는 거기가 아닌 여기에 있을 것이며, 보여 주는 것만 보는 거로 만족하고 내 몫의 사랑을 하기.

구구는 한순간도 이쪽을 돌아보지 않았으며, 그걸 바라지도 않았다. 자리에 앉은 구구는 한 번을 웃지 않았는데 그것이 완전하고 깨끗한 평화처럼 느껴졌다.

영원히 좋아할 창백하고 귀여운 얼굴.

벚꽃이 필 준비를 하는 조용한 신작로. 조금만 더 걸어가면 잔디 광장이 있는 공원. 거기에서 누군가가 나를 기다리고 있었던 것 같다. 거기에 가기 위해 긴 산책을 하던 중, 주위를 두리번거리다 구구를 발견했다. 처음 그 애를 발견했던 순간도 이와 다르지 않았던 것 같다.

꿈에서 깨지 않았다면, 해가 질 때까지 카페 앞에 우뚝 서 있었을는지도 모르겠다. 그러나. 과연 이 꿈에서 밤이 오기나 했을지. 나와 구구가 함께하는 다른 우주 세계에?

공원에서 나를 기다리던 사람은 해가 질 때까지 혼자 머무를 작정이었을 것이다. 거기에 누가 있었을지 알 수 없지만, 나를 기다리기로 마음 먹은 사람이라면 그러리라는 믿음.

4월이라니, 이 모든 게 거짓말 같다.

그러고 보니, 지난해 이맘때엔 라라를 만났다. 라라가 벚꽃으로 새 글을 써보면 좋겠다고 내게 말해 주었을 때, 나는 이미 너를 위해 떨어진 벚꽃을 몇 번 풀었다가 묶으며 꽃다발을 만들어 두었다고 일러 주고 싶었다. 앞으로 잘 살아가기 위해 여러 살림에 관한 지식을 익히고, 갖춰 두면 도움이 되는 습관을 더듬으며. 원할지 알 수 없으며, 전하지도 않을 편지 같은 글을 몇 편 써두었다고. 틈틈이 냉장고를 치우고, 전자레인지와 인덕션을 닦고, 침구를 세탁하고 또 하루면 마구잡이로 어질러지는 책상을 아끼면서. 출근과 퇴근, 끼니를 챙기고, 기록하고 싶은 풍경을 만나면 멈춰서서 사진을 찍기도 하고 택시나 버스를 타고 한강을 건널 땐 물빛과 눈싸움하는 오래된 취미를 잊지 않으며.

이런 시시콜콜한 이야기는 말해도 그러지 않아도 그만이지만, 나름대로 떳떳한 일상을 살아보고 싶은 욕심이…… 얼마간은 네 덕에 만들어졌다는 사실만큼은 자랑스레 말하고 싶었지.

언젠가는 그럴 수도 있을 것이다.

일주일 뒤면 케이크 먹는 날이다. 친구들에게 안부를 물어야지.

주변에서는 요즘 날씨를 반가워한다. 나는 슬슬 더위를 걱정하는 중이다. 특히 지난겨울이 그리 춥지 않았으므로, 올여름은 더욱 무시무시한 온도를 갱신하지 않을지. 생각해 보면 나는 어릴 때부터 봄을 잘 즐기는 사람을 늘 부러워했는데, 그건 내가 여름을 너무 싫어해서 그 마음과 싸우느라 기뻐하고 반가워할 여유가 없었기 때문인 것 같다. 봄은, 여름이 오기 전의 짧고 어색한 휴지기처럼 느껴지는 것이 슬프고 지긋지긋하다.

그럼에도 제때 꽃이 피고 지는 건 좋은 일. 장미의 계절 역시 언제나 환영이다.

초등학교 담장에는 여름 내내 기이할 정도로 탐스러운 검붉은색 장미가 얼기설기 피어 있었고? 그걸 찍기 위해 산책 나서는 일이 참 즐거웠다. 깊은 주머니가 있는 원피스를 몇 벌 더 갖고 싶다. 체크나 잔꽃 무늬 있는 것으로. 이따 밤에는

옛날에 스캔한 필름 카메라 사진들 좀 찾아봐야
겠다. 어딘가에는 있을 것이다.

근데 장미 지금 피어 있을까?
아직?

집 앞 벚꽃 터널도 무사할까? 우리 집 앞 능
소화처럼 누가 싹 베어 새로운 가로수 종으로 바
꾸지는 않았을지. 중학교와 고등학교에 있던 연
못들은. 단지 화단의 클로버들은? 물어보고 싶은
데, 어떤 질문은 이제 거의 불가능으로 느껴진다.
세계가 쪼그라들었다가 펴지면서, 그 접혔다가
펼쳐진 깊은 틈새로 뭐가 자꾸 줄줄 샌다. 잃어버
리고 싶지 않은데 그게 뭐였는지 기억나지 않는
다. 애초에 알기는 했을까.

장면이 슬프다고 아름다움을 몰랐던 건 아닌
데, 가끔은 그걸 통째로 잊어버린다. 좋은 이야기
만 하고 싶어서 남길 게 없다. 슬픔을 유산으로 남
기는 사람이 되고 싶지는 않다. 그런 다짐. 지겹

다. 지겹지 않다.

　좋아하는 것과 아름다운 것, 예쁜 것, 귀여운 것과 사랑을 잘 구분하기.
　미워하는 마음과 분노, 용기를 잘 별러 두기.
　일찍 자고 서둘러 침대에서 벗어나기, 바깥이 생각보다 위험하지 않음.

　올해는 잘 달리는 법을 배울 수 있을지.

　곧 편수 냄비를 새것으로 바꿔야겠다.

　오늘은 수영이의 생일을 축하하느라 하루가 빠르게 갔다. 수영이가 내일도 행복하면 좋겠다. 그런 생각을 자주 한다.

(배희은)

하루를 잘 살고 싶은 평범한 직장인.

(배희은)

세상을 잘못 살아가고 있는 건 아닐까, 문득 그런 생각이 스친다. 정호승 시인은 산산조각이 나면 그 조각의 형태로 살아갈 수 있다고. 깨진 채로도, 부서진 채로도, 삶은 계속된다고 했다. 요즘 그 말에 오래 머문다. 내가 산산조각이 난 건지, 아니면 원래 그런 모양으로 태어난 건지 알 수 없지만 그것도 괜찮은 걸까.

사람 사이의 관계에 대해서도 자주 생각한다. 가까웠다고 믿었던 누군가와의 기억을 되짚어 보면 그 온기 이전에 '공적인 거리감'이 깔려 있었음을 뒤늦게 깨닫곤 한다. 그 순간 마음이 슬며시 움츠러든다. 내가 무언가 잘못한 걸까, 괜히 되돌아보고, 다시 묻는다. 나는 그냥 나였을 뿐인데 무엇이 그들을 건드렸던 걸까.

SNS에서는 누군가의 반응에 신경 쓰지 말라고 한다. 그러려고 했고, 그러겠다고 다짐도 했다.

하지만 어느새 타인의 말 없는 움직임을 읽어 내려 애쓰는 나를 발견한다. 내 예민함은 사소한 결도 놓치지 않게 해주지만, 그만큼 내면을 갉아먹는다. 이 예민함이 너무 싫다. 둔하게, 무심하게, 아무 관계에도 흔들리지 않고 살아 보고 싶다.

세상이 내 마음대로 되지 않는다는 사실이 지겹다. 예측하지 않은 방향으로만 흘러가는 삶을 따라가다 보면, 손바닥 위에 올려 두고 통제하고 싶은 것은 결국 '세상'이 아니라 '나'였다. 어쩌면 마음을 고쳐먹으라는 뜻일까. 이런 생각에 잠기다 보면 모든 것이 피곤해진다. 관계, 일, 사랑, 현실, 원했던 것과 원하지 않았던 것, 가족, 사람, 그리움, 그 모든 게 한꺼번에 밀려온다. 아무것도 느끼지 않는 사람으로 살아 보고 싶다는 생각도 한다. 농담처럼 내뱉던 "감정이 거세되면 좋겠다"라는 말이 이제는 농담 같지 않다.

오늘도 누군가가 대충 처리해 놓은 일 때문에 하루 업무가 완전히 밀렸다. 왜 꼼꼼하지 못해서 그 실수가 늘 나의 스트레스로 번지게 되는 건지. 그리고 어느 순간부터 차가운 태도로 나를 대하는 동료 C를 생각한다. 이유를 찾을 수가 없다. 나는 C를 정말 좋아하고 의지하며, C와 친하다고 생각한다. 그래서 내가 뭔가 말을 잘못한 건지, 업무를 이상하게 한 건지 이전의 행동들을 하나하나 되짚어 보며 찾는다. 마음이 위축되고 오그라든다.

그럴 때마다 J의 얼굴을 떠올린다. 현실에서는 혼자지만 머릿속에서 그리는 J의 얼굴이 오히려 나를 위로한다. 그의 존재는 허공에만 있다. 그럼에도 묘하게 내가 기댈 수 있는 어떤 자리로 남아 있다.

나는 잘 살고 있는 걸까. 서른둘의 나는 어디쯤 와 있는 걸까. 오늘 이 질문에 대답해 줄 수 있는 사람은 결국 아무도 없었다.

서른둘. 많지도 적지도 않은, 그렇다고 젊다고만 할 수 없는 애매함. 여기에 대해 생각하다가 40대의 얼굴과 50대의 목소리를 상상한다.

하루가 순식간에 지나간다. 눈 깜짝하면 계절이 바뀌고 일주일이 흘러 있고 또 한 달이 사라진다. 이렇게 살아지는 대로 살아도 되는 건지 혹시 남들보다 뒤처지는 건 아닌지 마음 한구석이 늘 조급하다.

미래가 아직 준비되어 있지 않다. 일은 열심히 하지만, '내 일'을 준비하는 법은 제대로 배운 적이 없다. 돈을 쓰는 법은 아는데, 모으는 법은 여전히 어렵다. 이대로 나이를 먹어도 괜찮은 건지 조금은 두렵다. 이런 마음도 계속 어리고만 싶은 욕심일지도 모르겠다.

어차피 시간이 흐르면 자연스럽게 알게 될 부분이라고 여기면서도, 계속 신경 쓰고 '나는 왜 이럴까' 하며 원인을 찾다가 과거를 떠올리고, 그러면 다시 눈앞이 깜깜해지고 가라앉는다. 혼자 있으면 이 짓을 반복하고 또 반복한다.

그래서 산산조각으로도 살아갈 수 있다는 것을 아주 조금이라도 자각하고 싶다. 조각난 삶도 하나의 모양이고, 그 모양으로 살아가는 법을 천천히 배워 가면 되니까. 삶에게, 마음에게 무심해서 깨져 버린 조각들을 제대로 살펴보고 싶다. 더 거창한 말도 필요 없이 나는 그냥 '잘' 살아가고 싶다.

4월에는 친구들의 생일이 이어진다. 14일은 B, 17일 L의 생일이다. 늘 현금 5만 원과 짧은 축하 인사로 넘어가곤 했는데, 이번에는 조금 다르게 솔직한 마음을 건네주고 싶었다.

이전에 나는 그들의 어려움과 괴로움을 살펴보고 벗어날 수 있도록 곁에 같이 있었는데, 내가 힘들 때는 나를 방치해 두었다. (그랬다고 생각했다) 그게 마음에 꽤나 오래 남아 있었고 서운함 때문에 나도 모르게 거리를 두게 되었다는 것, 다시 예전처럼 지내고 싶지만 잘 안된다는 것까지. 한 번도 말한 적이 없어서 글로 써 내려갔다.

정말 진심이었다. 하지만 편지를 쓰면서 알게 된 선 친구들이 너무 소중하다는 마음도 진심이라는 점이었다. 방치해 둔 게 아니라, 아무 말 없이 옆에 있어 준 사람들이고 언제든 돌아오면 따뜻하게 맞이해 줄 준비가 된 사람들이라는 것도 알게 됐다. 8년간 함께 정준일 콘서트를 가주어서 고맙다는 B, 수화기 너머로 왜 항상 모든 일이 끝난 후에 말하냐며 펑펑 울던 L. 그런 친구들에게 서운했지만 고맙다는 말을 솔직하게 전했다.

아직 마음에 여유가 없다. 나는 일이 너무 중요한 사람이기도 하고, 아직 내 우울과 피로가 벽이 되기도 해서 예전처럼 가깝게 지내지 못한다. 시간이 지나면 다시 가능해질까? 하루의 모든 시간을 함께 보냈던 옛 추억이 앞으로도 우리를 붙들어 줄까? 떨어진 건 마음이 아니라, 우리 각자의 삶이었을지도 모른다.

확실한 건, 이 친구들이 지금도 여전히 소중하고, 고마운 사람들이라는 사실이다. 이것만큼은 흐릿해지지 않는다. 그러지 않길 바란다.

(김다일)

시를 쓰고 해외 문학을 편집하고 있다.

　　침대 밑에서 번지기 시작한 푸른곰팡이와 뒤척일 때마다 마주쳤다. 조용한 빗소리를 들으며 어제의 면접을 생각했다. "시인은 정신이…… 일 잘할 수 있나요?"라는 질문 아닌 무언가를 받았다. 일부러 무례한 상황을 만들고 반응을 보려는 것인지(하지만 왜?) 혹은 정말 그렇게 생각하는지 알 수 없어 멀뚱멀뚱해졌는데, "우리끼리 얘기니까요" 하며 웃어 보였다. 나는 비로소 정신이 나갈 것 같았고 '시집 팔고 계신 것 아닌가요?'라고 되물으려 했으나 입 밖으로 나온 말은, "저는 습작생이라서요."

　　시와 시를 쓰는 사람에게 무례한 건 나다, 시와 시를 쓰는 사람에게 무례한 건 나다, 웅얼거림에 깬 친구는 제발 닥치라고 관광이라도 하라고 했다. 나는 푸른곰팡이가 곧 집을 뒤덮을 거라는 걸 친구가 알고 있는지 궁금했으나 환기가 필요한 건 나였기에 묻지 않았고, 바깥에는 신촌역

2번 출구에서 연세대로 이어지는 직선 도로 끝까지 벚꽃이 흩날리고 있었다.

　부산보다 개화가 늦어 그해에는 벚꽃이 피고 지는 걸 두 번 보았다. 대학을 졸업하고 1년은 시만 쓸 거라고 했을 때 피어났던 눈빛들을 두 번 떠올려야 했다. 서울 가서 시를 배우겠다고 했을 때 쏟아진 눈빛들도 두 번……. 식용도 되고 약용도 되고 관상용도 되는 벚나무는 쓸모가 많다고 생각했다.

　할머니가 젊을 때 살았다던 동네를 찾아가 걸었다. 생선 싸던 신문지를 급히 찢어 "새옹지마"라고 써준 시장을 생각했다. 그때 나는 좌절에 사로잡혀 있었고 펄떡이는 비린내를 쥐고 그저 멍하니 서 있었다. 할머니는 바다 쪽을 가리키며 걸어가라고 했다. 해변까지 가서 주저앉으라고 가만히 바라보다 보면 젖지 않아도 다 빠뜨리고 올 수 있다고.

　서울에 가겠다고 말할 수 있었다면 할머니는 어떤 눈으로 나를 보았을까. 무엇을 찢어 주었을까. 돌아갈 시장과 쐴 수 있는 비린내가 없다는 사실이 막막했다. 사소한 결정에도 미래가 크게 바뀔 거라는 불안에 시달렸다. 쉽게 휘둘리는 중이었다. 상상할 수 있는 모든 미래로부터. 상상할 수 없는 미지의 공백으로부터.

　한참 걷다가 벤치에 앉았다. 긴장한 채 꽉 쥐고 있는 주먹을 털면서 손가락 사이사이 불어오는 바람을 느꼈다. 헤맬 수 있는 미로가 많은 서울을 좋아하고 싶었다. 걷는 사람의 절벽인 해변이 없다는 사실까지도. 벚꽃 하나 올려놓으려고 손바닥을 하늘로 향하게 한 뒤 계속 걸었다. 비린내가 코끝에 닿았다. 닿았다고 믿었다.

이름을 지어 주면 될 일이다. 나는 '큰 대(大)' 자에 '한 일(一)' 자를 썼다. 큰 인물이 되라는 의미로 할머니가 붙였는데 제국주의 시절 일본이 떠오른다고 '대길'이라 부르자고 한 사람도 할머니였다. 그런데 대길은 어쩐지 머슴 같고 동네를 전전하며 밥을 얻어먹던 개도 대길이라 불려서, 이웃하고 있던 동네 할머니 할아버지 입을 모아 "대길아", "대길아" 부르면 두 대길이가 동시에 돌아보았다. 부모는 울지 말고 웃으라고 노년의 즐거움을 빼앗지 말라고 타일렀다.

열다섯 살에 나는 사춘기가 뭔지 몰랐지만 부모는 자꾸 사춘기가 왔다고 해서 귀신이라도 붙은 듯 밖으로 돌았고 집에서는 기다렸다는 듯 "대들보"라고 부르며 단속했다. 여기에도 '큰 대' 자가 들어간다는 걸 알고 망연자실했었다. 나는 커지고 싶지 않았다. 하지만 이름 때문인지 쫓기는 꿈은 절벽에서 떨어져야 끝났고, 할머니 할아버지들은 매일 대길이라 합창했으며, 개는 짖어 댔다. 나는 그냥 웃어 버렸다. 할머니 할아버지들은 박수 쳤고 대길이는 꼬리를 흔들었다. 그해에 10센티미터가 자랐다.

연상되는 개가 없어서 '은호'라고 부르고 싶었다. 부모님이 나를 대길이라 부르면서 머슴과 개를 떠올리지 못했듯이 은호에게 '은호'는 악몽이 될 수도 있지만 나는 호탕해지자는 말을 할 수밖에 없을 것이다. 나는 겹겹이 쌓이고 싶었고, '큰대' 자를 '많을 다(多)' 자로 바꾼 '다일'이라는 이름을 남몰래 지은 뒤 부모와 멀어졌다. 이처럼 은호가 자신의 미래를 혼자 그릴 때, 별명과 아이디를 알려 주지 않을 때, 하루를 어떻게 보냈는지 시시콜콜해지지 않게 될 때, 은호는 자신이 '은호'로 처음 불렸던 순간은 이미 잊었겠지만 기계가 구현해 주는 심장박동 소리를 들으며 통과한 삼월과 꽃잔디, 꽃마리, 은방울꽃, 노랑꽃창포까지 이제부터 알려줘야 할 꽃 이름을 외운 사월을 나는 잊지 못할 것이다. 부풀어 오르는 마음으로 버스와 지하

철 전화와 택배를 기다리는 동안 생각했다. 은호
가 오고 있다.

올해의 다짐은 '공부하는 인간이 될 것'(2022). 올해의 다짐은 '이동할 때는 이동만'(2023). 올해의 다짐은 '고요함을 발명할 것'(2024). 올해의 다짐은 '다음 단계의 열렬함을 요구하는 것들에 호응할 것'(2025).

세부 사항으로는 책을 더 읽을 것, 더 계획해서 읽을 것, 시를 더 쓸 것, 더 열심히 쓸 것, 더 길게 달릴 것, 더 빨리 달릴 것, 제철 과일로 계절별 잼을 만들 것, 더 만들 것, 선물할 것, 세상에 더 다정할 것.

미래의 나를 상상하는 데 부지런한 나는 부지런해도 좋은 계절이면 더하고 더하고 더했다. 벤치에 앉아 흔들리는 꽃들을 보면서, 사이사이 헤집으며 나타나는 고양이를 보면서, 앞서 걷는 강아지가 뒤돌아 주인을 살필 때 나는 주인이 아니지만 생각했다. '잘 따라가고 있어.'

다이어리에 생일을 옮겨 적는다. 어떤 이름

앞에서 망설인다. 그 짧은 순간 때문에 나는 그 사람에게 긴 편지를, 그러나 보내지 않는 편지를 쓰는 것이다. 서랍에 편지가 쌓이면 봄은 끝나 있었고 그러는 동안 몇몇과 누린 시절 또한 지나가 있었다. 이런 일은 반복될 것 같다. 시원섭섭한 마음으로 신발 끈을 묶는 일까지도.

마라톤 대회에서 생면부지의 타인에게 소리 높여 응원하던 사람들을 생각한다. 통제하고 있는 도로를 면한 2층 호프집에서 울려 퍼지던 1990년대 가요와 스피커만큼 컸던 목청에 대해서. 응원은 할 때도 받을 때도 효력의 기간에 대해서는 잘 모르기 마련이다. 나는 내가 달리고 있지 않을 때도 가끔은 그들의 응원을 받으며 살고 있다고 믿는다. 신용목 시인은 "한번 시작되면 영원히 되돌아"오는 것이 "생일의 공포"라고 썼고 이는 계절의 공포이기도 하지반 2026넌의 다짐은, 2024년 봄 어느 날 일기의 제목에서 빌려 오기로 한다.

"미래는 초점이 나갔다. 하지만 행진". 더해진 미래를 이끌며 행진. 긴 편지를 쓰면서 행진.

(　소운　)

상실 이후의 하루와 남겨진 마음을 기록하며,

부크크에서 『무중력 고백』을 출간했습니다.

H, 잘 지내고 계신가요. 이 세상을 떠난 지 어느덧 1년이 넘어가고 있네요. 거긴 어떤가요, 지낼 만한가요. 나는 여전히 여기에 있어요. 계절이 여러 번 바뀌는 동안, 나는 당신이 없는 시간에 조금씩 익숙해졌고, 그 익숙함을 아직도 미워하고 있습니다. 사람은 참 잔인하게도, 익숙해지면서도 동시에 미안해진다는 걸 나는 당신이 떠난 뒤에야 알게 되었어요. 오늘은 유난히 공기가 차가웠어요. 현관문 손잡이를 잡는 순간, 손끝이 얼음처럼 굳는 느낌이 들 정도로. 예전 같았으면 이런 날 괜히 의미 없는 말을 붙였을 것 같아요. 춥다는 말, 그냥 한마디 더 걸고 싶어서 별 의미 없이 덧붙이던 안부 같은 것들. 그런데 이제는 그런 말을 건넬 곳 자체가 없다는 사실이 유난히 분명하게 느껴졌어요.

나는 아직도 당신에게 하지 못한 말들이 이렇게 많은데, 당신은 이제 더 이상 대답하지 않는 사람이 되었다는 게 가끔은 믿기지 않습니다. 사람은 사라졌는데, 말은 아직 길 위에 남아 있는 느낌이에요. 어디에도 도착하지 못한 문장들이 자꾸만 나를 되돌아보게 만듭니다. 나는 요즘 괜찮은 사람처럼 보이는 법을 아주 잘 배우고 있습니다. 밝은 인사를 건네고, 웃을 수 있을 때 웃고, 필요한 말만 골라서 하는 사람처럼. 그것이 어른이 되는 일인지, 아니면 슬픔에 익숙해지는 기술인지 아직도 잘 모르겠어요.

사람들은 이제 괜찮냐고 묻고, 나는 고개를 끄덕일 줄도 알게 되었지만 괜찮아졌다는 말이 잊었다는 말은 아니라는 걸 나는 매번 스스로에게 다시 설명해야 합니다. 괜찮다는 말로는 사라진 것들이 다시 돌아오지 않는다는 것도, 괜찮다는 말로는 그 빈자리가 줄어들지 않는다는 것도 나는 너무 잘 알고 있으니까요. 당신을 떠올리지 않는 날은 없지만, 당신을 생각하며 무너지지 않는 날은 점점 늘어나고 있어요. 그 사실이 조금은 다행이면서도, 조금은 배신처럼 느껴질 때가 있습니다. 나는 이렇게 살아도 되는 사람일까, 당신을 이렇게 두고 나는 계속 앞으로 가도 되는 사람일까, 그 질문 앞에서 나는 아직도 자주 멈춰 섭니다.

오늘의 나는 잘 지내는 사람처럼 살았고, 잘 지내지 않는 마음으로 돌아왔습니다. 불을 켜고, 방 안의 공기를 확인하듯 숨을 쉬고, 아무 일도 없었던 사람의 얼굴로 옷을 갈아입었습니다. 그 모든 동작이 너무 자연스러워진 것이 나는 아직도 조금 낯섭니다. 그쪽 날씨는 어떤가요. 이쪽은 벌써 겨울이에요. 숨을 내쉴 때마다 입김이 하얗게 흩어지고, 사람들은 모두 좀 더 빠르게 걸어요. 차가운 공기 속에서도 나는 아직 당신의 온도를 더듬고 있습니다. 이미 없는 온도를 굳이 다시 손에 쥐려는 사람처럼.

H, 나는 오늘도 당신이 없는 하루를 무사히 지나왔고, 그 사실이 감사하면서도 어딘가 잘못된 일처럼 느껴집니다. 당신은 멈췄는데, 나는 이렇게 계속 흘러가도 되는지 나는 아직도 그걸 잘

모르겠습니다. 나는 아직도 당신을 보내지 못한 사람처럼 살고 있습니다. 이미 떠나보냈다는 사실을 알면서도, 완전히 놓아 버릴 용기는 없는 사람처럼. 그 애매한 자리에서 나는 오늘도 한쪽 발만 내디딘 채 서 있습니다. 앞으로 가는 것도 아니고, 그대로 머무르는 것도 아닌 채로.

H, 만약 내가 당신에게 마지막으로 전할 수 있는 말이 하나 남아 있다면, 나는 안부보다도 이 말을 먼저 꺼내고 싶을 것 같습니다. 나는 아직도 당신을 어디에도 잘 보내지 못한 사람이라고. 그리고 아마 앞으로도 한동안은 그렇게 살 것 같다고.

H, 오늘은 내가 처음으로 목 놓아 펑펑 울었어요. 당신을 떠나보낸 뒤, 이제서야.

이 문장을 쓰기까지 나는 하루 종일 몇 번이나 이 일기장을 다시 열었다 닫았는지 몰라요. 울지 않았던 시간이 너무 길어서, 오늘의 울음이 오히려 거짓말처럼 느껴질 정도였어요. 마치 오늘이 아니라 훨씬 예전에 울었어야 할 것 같은데 나는 늘 타이밍을 놓치며 살아온 사람처럼 이제야 울고 있습니다. 이상하게도 그동안은 울지 않았어요. 슬퍼할 틈도 없었고, 슬픈 사람처럼 보이고 싶지도 않았고, 나는 그냥 하루를 통과하는 사람처럼 조용히 살아내는 데에만 집중하고 있었던 것 같아요. 아침에 일어나고, 필요한 일을 하고, 다시 밤이 오면 불을 끄는 일. 그 반복이 나를 슬픔으로부터 지켜주는 줄 착각하면서요.

그런데 오늘은 아무 이유도 없이 숨이 막혔어요. 당신에 관한 이야기를 들은 것도 아니고, 당신과 닮은 무언가를 본 것도 아니었는데 마음이 갑자기 제힘을 잃어버린 것처럼 아무 말도 없이 무너졌어요. 지금까지는 늘 내가 감정을 조금 앞서 잡고 있었다고 생각했는데, 오늘은 감정이 나를 앞질러 갔습니다.

울었어요. 참으려 하지도 못하고, 삼키지도 못한 채로. 소리가 나도록, 내가 이런 소리를 낼 수 있는 사람이라는 걸 나는 오늘 처음 알았어요. 그동안 눌러두었던 것들이 자기 무게를 이기지 못하고 한꺼번에 쏟아져 나오듯이, 나는 한참을 내가 울고 있다는 사실조차 자각하지 못한 채 그 자리에 앉아 있었습니다. 나는 오늘에서야 내가 정말로 당신을 잃었다는 사실에 도착한 것 같았어요. 상실은 늘 이렇게 사람보다 몇 걸음 늦게 오는 것 같아요. 당신은 먼저 떠나고, 나는 한참이 지나서야 혼자가 됩니다. 그 시간 차가 사람을 이렇게 깊게 무너뜨리는 줄 나는 미처 알지 못했습니다.

사람들은 울고 나면 조금은 괜찮아질 거라고

했지만, 나는 오늘 울고 나서야 당신의 부재가 얼마나 무거운 것이었는지 비로소 알게 되었어요. 그래서 한동안은 아무것도 듣지 못했어요. 가방도, 휴대폰도, 누군가의 말도, 내일이라는 단어도. 울음이 조금 잦아들었을 때 나는 가장 먼저 이 울음을 어디에 둬야 할지 몰라 한참을 망설였습니다. 보낼 수 없는 사람에게 보내는 편지처럼, 도착하지 않을 걸 알면서도 나는 결국 이렇게 당신에게 씁니다.

H, 오늘의 나는 당신을 잃은 사람의 모습으로 처음 제대로 울었습니다. 나 너무 늦었나요? 이제야 이렇게 무너져도 되는 걸까요. 당신은 이미 저만치 앞서가 버렸는데, 나는 아직도 이 자리에서 이별의 첫날처럼 울고 있습니다. 너무 늦게 도착한 울음이었지만 그래도 오지 않는 것보다는 낫다고, 나는 스스로에게 그렇게 말해 주었습니다. 울지 않는 사람으로 당신을 사랑하고 싶지는 않았으니까요. 아마 나는 앞으로도 이 울음에 대해 완전히 설명하지 못할 거예요. 왜 오늘이었는

지. 왜 이제서야였는지, 그 이유는 끝내 알지 못한 채 '오늘, 진짜로 울었다'는 사실만으로 당신을 더 오래 기억하게 될 것 같습니다.

H, 오늘은 이상하게 방 안의 공기가 이상하게 고요했어요. 창문을 열어 두지 않았는데도 어디선가 바람이 드나든 것처럼 물건들의 위치가 조금씩 달라 보였고, 나는 그 작은 어긋남들이 신경 쓰여 하루를 정리하는 일부터 시작했습니다. 평소 같으면 지나쳤을 풍경들이 오늘은 이유 없이 나를 붙잡는 것 같았어요. 아마도 내 마음이 먼저 이날의 의미를 알고 있었던 거겠지요.

오랜만에 서랍을 열었어요. 굳이 오늘이 아니어도 되었던 일인데 나는 왜인지 오늘, 손에 잡히는 것들을 하나씩 꺼내어 침대 위에 늘어놓고 있었습니다. 영수증, 오래된 메모지, 잘 쓰지 않는 충전기, 그리고 한동안 꺼내 보지 않았던 것들까지, 어떤 것들은 너무 익숙해서, 어떤 것들은 너무 낯설어서 나는 물건 하나를 들 때마다 조금씩 거슬러 올라가는 기분이 들었습니다.

버릴 것과 남길 것을 나누는 일은 생각보다

오래 걸렸습니다. 쓸모가 없는 것들은 금방 결정할 수 있었는데, 쓸모가 있는 것도 아닌 것들은 이상하게 쉽게 손에서 떨어지지 않았어요. 그건 물건 때문이 아니라 그 물건을 붙잡고 있던 내 마음 때문이겠죠. 나는 그 애매한 물건들 앞에서 한참을 멈춰 서 있었고, 그 시간 동안 당신 생각을 하지 않으려고 애쓰면서도 어쩌면 은근히 떠올리고 있었는지도 모릅니다. 사랑이란 건 결국 생각하지 않으려고 할수록 더 또렷하게 떠오르는 것이니까요.

정리라는 건 참 묘한 일입니다. 다 치우고 나면 방은 분명 더 비어 보이는데, 사람은 오히려 없는 것들을 더 또렷하게 보게 됩니다. 나는 오늘 당신이 쓰던 물건이 있던 자리 앞에서 한동안 움직이지 못하고 서 있었어요. 그 자리는 지금 아무것도 없는데도 유난히 많은 것을 담고 있는 것처럼 느껴졌습니다. 마치 방이 대신 기억하고 있는 무언가가 아직 온기를 품고 있는 듯했어요. 당신이 다시 돌아와도 그 자리를 바로 알아볼 수 있을 것처럼.

　알고 있었어요. 오늘이 어떤 날인지. 아침부터 계속 모른 척하고 있었을 뿐입니다. 달력을 다시 보지 않아도 나는 이미 이 날짜를 몸으로 먼저 기억하고 있다는 것도. 기억이라는 건 뇌보다도 몸이 먼저 움직일 때가 있죠. 가슴이 먼저 조용해지고 손끝이 조금 더 느려지는 날. 오늘이 바로 그런 날이었습니다. 사람들은 기일에는 슬퍼해도 된다고 말하지만, 나는 오늘 울지 않았어요. 당신의 사진도 꺼내 보지 않았고, 따뜻한 말을 준비하지도 않았습니다. 그 대신 방을 정리했어요. 청소기를 밀고, 먼지를 닦고, 위치를 조금씩 옮기면서 나는 오늘을 그냥 오늘이라는 이름으로 견디고 싶었습니다. 당신을 잊지 않기 위해서가 아니라, 당신의 부재를 더 조용히 받아들이기 위해서, 사랑했던 사람을 떠올리는 일은 때로는 울음보다 가만히 손을 움직이는 쪽에 더 가깝습니다.

　정리를 하면서 내가 계속 생각한 것은 당신이 아니라 당신이 없는 내 하루였습니다. 이 방에서, 이 시간에서, 나는 어떤 자세로 살아가고 있는 사람인지. 무너진 사람인지, 아니면 그럭저럭 서 있는 사람인지, 나는 그 경계를 스스로에게 묻고 있었습니다. 당신을 사랑했던 사람으로서 지금의 나는 어떤 모습인지, 당신이 본다면 뭐라고 말할지 알 수 없으면서도 자꾸만 상상하게 되었습니다. 당신과 함께하던 시간은 이제 더 이상 이 방에 그대로 남아 있지 않지만, 이 방에서의 나는 여전히 그 시간의 연장선에 서 있는 것 같아요. 내가 치운 것은 물건이었지, 기억은 아니었고 내가 옮긴 것은 자리였지, 당신을 향한 방향은 아니었으니까요. 이 방의 구조는 바뀌어도 내 마음의 구조는 당신에게 기울어 있던 그때 그대로라는 뜻입니다.

H, 오늘이 당신이 떠난 날이라는 것을 나는 모든 정리를 마친 뒤에야 비로소 똑바로 인정했습니다. 그리고 그때서야 이상하게도 마음이 조금 가벼워졌어요. 특별한 슬픔을 만들지 않아도 오늘이 이미 충분히 무거웠다는 걸 나는 알고 있

었으니까요. 당신이 남기지 못한 인사를 내가 대신 완성하려는 하루처럼. 나는 오늘 당신을 더 보내지도 않았고, 다시 붙잡지도 않았습니다. 그저 당신이 없는 방을 정리했고, 당신이 없는 하루를 끝냈을 뿐입니다. 하지만 이 단순한 행동 속에 나는 내가 아직도 당신을 사랑하고 있다는 사실을 조용히 확인했습니다. 사랑은 때로 남아 있는 사람의 방식으로 다시 살아나기도 하더군요.

이제 불을 끄고, 오늘을 닫으려고 합니다. 내일이 또 온다는 사실을 나는 알고 있으니까요. 그리고 나는 아마 아무 일도 없었던 사람처럼 또 하루를 시작하겠지요. 하지만 내일도 나는 오늘처럼 당신을 아주 조금 사랑할 것이고, 그 사랑이 날짜와 상관없이 내 안에서 계속 자라고 있겠죠.

H, 그게 내가 오늘 할 수 있었던 가장 조용한 애도였고, 가장 소리 없는 사랑이었습니다.

(윤현준)

2026년 《부산일보》 신춘문예로 등단했습니다.

꿍꿍이처럼 간직해 온 제 세상을 누군가와

공모할 수 있게 되었다는 사실이 몹시도 기쁩니다.

앞으로도 이렇게 새삼스레 글을 쓰겠습니다.

언젠가부터 겨울에는 한 번도 미끄러지지 않았는데, 봄이 오면 유독 자주 넘어졌다. 무른 땅을 밟다가 어느새 시든 꽃을 보다가, 넘어지면 항상 크게 다쳤다. 계절의 온화함에 방심하거나 어린 강아지처럼 신이 나서 그런 건 아니고…… 봄에 묻어 둔 것이 많아서. 그것들 전부 누군가의 허락도 없이 버린 것들이어서.

그리고 오늘이 올해 들어 처음 넘어진 날이다. 해가 지기 시작할 무렵이었고 산책로에는 사람이 많았다. 가족이거나 가족이 될 사람들, 어쩌면 가족이었던 사람들과 이젠 혼자 된 사람들도 있겠지. 곁에선 V가 발을 맞추고 있었다. 그녀와는 고가도로가 지나는 곳까지 동행하기로 약속되어 있었다. 함께 먹은 중국요리가 얹혔는지 그녀는 연신 꺽꺽, 트림했고 솔직하게 부끄러웠다. 나는 보폭을 넓혀 조금 앞서 걸었다. 키 차이가 커

거리는 순식간에 벌어졌다. 그러다 그녀가 말했다. 두 아이의 엄마가 되는 일은 끔찍할 것 같다고.

　　내가 잠자코 있자, 그녀는 "성이 다른"이라고 덧붙였다. 뒤돌아보지 않았다. 슬슬 고가도로가 보이는 지점이었다. 노을을 배경 삼자 고가도로는 사연 있는 장소처럼 보이기도 했다. 나는 발걸음을 늦추었다. 저기에서 꼭 누군가 나를 기다리고 있을 것만 같아서. 이런 봄에 나를 기다리고 있는 사람이라면 내가 무심코 잊은 사람일 것만 같아서. 그 탓에 V와 다시 나란히 걷게 되었다. 산책로엔 점점 사람이 많아지고 있었다. 어두워질수록 하천 수면에 비친 도시는 점차 뚜렷해졌다. 그러다 별안간 아이 하나가 비명을 질렀다. 쥐가 있었다는 것이다. 분명 여기에서 저기로. 종종 있는 일이었다. 대수롭지 않게 여겼으나, V는 쥐가 나왔다는 풀숲을 유심히 살펴보다가 말했다. 나는 여기서 뱀도 본 적 있다고. 나는 뱀은 본 적 없었다. 누가 버린 건가? 되묻자 그녀는 고개를 저어 가며 대답했다. 솔직히 뭐든 살기 좋으니까 물가는.

천천히 걸었지만 우리는 금방 고가도로 부근에 도착했다. 고가도로를 받치고 있는 거대한 기둥 뒤에 남들이 모르는 장소가 있는데, 우리의 목적은 그곳이었다. 샛길을 따라 기둥 옆의 울타리만 넘으면 벚꽃이 가득한 공터가 있었다. 하늘이 보이지 않을 만큼 빽빽하게 꽃이 피어 있어야 했는데, 가지에 망울만 맺혀 있었다. 실수였다. 너무 이른 시기에 찾았다. 작년 겨울이 올해보다 따뜻했던 걸 감안해야 했다. 그러나 V도 나도 아쉬워하진 않았다. 그냥 그렇게 되었구나, 싶었다. 꽃이 핀 뒤 다시 찾기로 약속하지도 않았다. 그냥 내년 봄을 기약했다. 그래도 괜찮을 것 같았다.

그날 V와 그렇게 헤어지고, 혼자 집에 돌아가는 길에 크게 넘어졌다. 쥐도 뱀도 없었다. 바지 무릎 부근이 젖어 가는 걸 보며 생각해 보니, V와 꽃을 보러 가자는 약속은 겨울에 잡은 것 같았다. 걸을 때마다 상처 난 방향으로 몸이 기울었다. 쉬지 않고 갸우뚱 걸어 집으로 갔다. 봄에 묻은 약속만 봄에 파헤치기로 다짐하며.

기억으로 올가미를 만들어 거실에 걸어 두었다. 창문을 빈틈없이 닫아 두어도 어디선가 바람이 새어 볼 때마다 철렁거렸다. 낮에는 보이니 피할 수 있었는데 밤이 오면 꼭 목에 걸렸다. 낮게 걸어 두어 숨이 막히진 않았는데 괜스레 최소한의 힘으로 잠시 뛰어 보곤 했다. 그렇게 밤마다 운신의 폭을 가늠했다. 그러다 암전에 기대어 잔뜩 힘을 주는 실수를 상상하는 일은 어렵지 않았다.

내 생일이었고 그 애를 기다리다 해가 졌다. 기다리는 시간은 빠르게 지나갔다. 여름이 지난 탓일까? 낮은 점점 짧아지고, 그 애는 갈수록 더 어두운 시간에 도착했다. 알고 있었다. 그 애는 일을 해야 했고 돈을 벌어야 했다. 그렇게 번 돈으로 수족관에 가고 만두를 먹었다. 원두를 가려 커피를 마시고 웃돈을 얹어 절판된 책을 샀다. 살이 찔 때마다, 방에 책이 쌓여 갈 때마다 그 애는 결연한 표정을 지었다.

해가 완전히 지고 나서야 그 애가 왔다. 그 애의 이마는 땀으로 젖어 있었고 양손엔 작은 케이크와 꽃다발을 들고 있었다. 예약한 케이크를 가지러 다녀왔는데, 버스에 사람이 너무 많았다고. 나란히 선 남자가 자꾸 힘없이 휘청거려서 케이크가 망가질까 봐 겁이 났다고. 세상에 일하는 사람이 왜 이렇게 많은 거냐고. 그것보다도 여름. 이번 여름은 왜 이렇게 긴 거냐고.

그래서 케이크는?

지켜 냈지.

어제보다 조금 더 결연한 표정이었다.

꽃은 테이블 위에 놓아두고 초를 불었다. 케이크를 나누어 먹으며 다음 휴가에 관해 이야기했다. 그 애는 휴식, 다른 무엇도 아닌 휴식을 원했다. 아무것도 아닌 하루가 절실하다고 했다. 누구도 자신을 찾지 않는 하루가. 그 애는 하루에도 얼마나 많은 사람이 아무것도 아닌 일로 그녀를 찾는지 토로하다가 잠들었다. 그 애는 잠든 채 발가락을 꼼지락거렸다. 나는 곁에서 영화를 보며 와인을 마셨다. 안주로는 젤리를 골랐다. 거칠게 씹어도 큰 소리가 나지 않았다. 그 애는 이따금 잠에서 깨 비몽사몽 말했다. 생일인데 미안해. 나는 신경 쓰지 말라고 했다. 원래 계획이랑 비슷하니 걱정 말고 자라고. 나도 오늘 하루 종일 너를 찾았다고 덧붙이지는 않았다. 그 애는 잠도 눈치를 보며 자니까. 그 애가 내 표정을 볼 수 없게 커튼을 치고 불은 완전히 껐다. 영화는 한참 남았는데 씹을 젤리가 턱없이 부족했다.

크레디트가 올라갈 즈음 그 애의 휴대전화가 울렸다. 그 애는 잠에서 깨어나 발신자를 확인한 뒤, 목소리를 가다듬고 거실을 빙빙 돌며 내가 알지 못하는 이야기를 했다. 그 애는 교묘하게 올가미를 피해 다녔고 불안해 보였다. 나와 최대한 눈을 맞추지 않으려 노력하는 것처럼 보였다. 나는 조용히 다음 영화를 골랐다. 전화는 한참 동안 이어졌다. 그 애는 나를 연신 돌아보며 신발을 신었고 나는 이따 가방 가져다줄게, 말하며 손을 흔들어 주었는데 그 애가 얼마 지나지 않아 돌아왔다.

결연한 표정은 짓지 않았다. 단지 배가 고프다고 했다. 일은 내일로 미루었다고도. 우리는 아주 매운 떡볶이와 계란찜을 먹으며 아까 본 영화를 다시 봤다. 시간은 아주 빠르게 흘러갔다. 영화를 보고 나선 같이 누워 잤다. 우리는 두 시간 남짓 같이 깨어 있었고 아주 즐거웠다.

　이제 막 여름이 지났고 낮은 점점 짧아질 것이다. 밤은 일찍 찾아와 늦게 걷힐 것이다. 내년의 봄은 올해보다 짧을 것이고 여름은 아주 길 것이다. 무덥고 습하겠지. 어쩌면 봄은 완전히 사라질지도 모른다. 오늘 그 애와 보낸 두 시간이 어쩌면 우리에게 남은 날 중, 가장 최대의 시간이었을지도 모른다. 같이 있는 시간은 점점 줄고 기다리는 시간은 그만큼 늘겠지. 결국 아예 봄처럼 사라질지도 모른다. 그러니 여름을 봄이라고 부르는 일에 익숙해져야지. 오늘 있었던 일들 올가미에 걸고 봄에 일어난 일이라고 믿어야지. 보지 않고도 피할 수 있을 때까지. 실수 같은 건 하지 않을 때까지.

슬슬 얼음이 녹기 시작합니다.

해가 드는 자리를 따라

여섯 마리 개가 달리고 있습니다.

거실 창가에서는 들판이 내려다보입니다. 그곳은 대단지 아파트와 고속도로 진입로 사이에 끼어 있고, 사계절 내내 황량한 갈색입니다. 낮에는 구석구석이 훤하게 들여다보이지만 밤에는 먼 바다처럼 아무것도 보이지 않습니다. 저는 가끔 창가에 앉아 그곳을 오랜 시간 응시하곤 합니다. 바다에 파도라는 의지가 있는 것처럼, 그 들판엔 들개 무리가 살기 때문입니다. 여섯 마리 개. 여섯 개의 의지. 저는 겨우내 들판을 종횡하는 개들을 지켜보았습니다.

그 개들은 매일같이 아파트 외곽을 따라 두른 울타리 주변을 서성였습니다. 그러나 절대 울타리를 넘지는 않았어요. 게다가 그 개들은 들개답지 않게 겁이 많고 조심스러워서, 가까이 접근하기라도 하면 쏜살같이 달아나곤 했습니다. 부모님이나 관리 사무소 관계자들은 그 개들 가까이 접근하지 말라 항상 당부했지만 그들도 크게 조심하지는 않는 것 같았습니다. 개들에 관한 공문이 붙은 적이 단 한 번도 없었거든요. 무엇보다도 그 개들은 들개답지 않게 꽤 통통했습니다.

오늘 엘리베이터에 새로운 공문이 붙었습니다. 다음 주 주말, 단지 내에서 야시장이 열린다는 소식이었어요. 그 밑에는 아주 오래전부터 붙어 있던 음식물 쓰레기를 정해진 곳에 버리길 당부드린다는 공문이 있었습니다. 그 공문에는 사진이 첨부되어 있습니다. 아파트 곳곳의 풀숲에 음식물 쓰레기가 버려져 있습니다. 종량제 봉투값이 아까웠던 걸까요. 찢어진 비닐봉지 사이로 음식물이 흐르고 있습니다. 붉은 기름에 찌든 쌀알, 배추, 긴뼈와 가시 같은 것들이 함부로 버려져 있습니다. 여행을 마친 뒤 정리하지 못한 캐리어 같아 보이기도 해요. 누군가 긴 여행을 망치고 온 걸지도 모르겠습니다.

늦은 오후, 저는 음식물을 무단 투기하는 사람을 봤습니다. 젊은 남자였습니다. 쓰레기를 버린 뒤, 그는 무언가를 기다리다 사라졌습니다. 어쩌면 저처럼 창가에서 지켜볼지도 모르겠고요. 그가 사라진 지 얼마 지나지 않아 개들이 나타났습니다. 자연스럽게 울타리 아래로 몸을 통과시키고 남자가 버린 음식물 쓰레기를 먹어 치웠어요. 비닐봉지를 헤집고, 함부로 가시를 삼켰습니다. 저는 그를 떠올리며 함부로 상상을 하기 시작했습니다.

봄이 오고 기온이 올라가면 개들이 많이 버려진다고 합니다. 어리고 늙은 개들이 봄에 버려진다고요. 따뜻한 날을 골라 기르던 개를 버리는 마음. 저는 그게 어떤 마음인지 가늠해 봅니다. 무심코 버린 것들, 봄을 닮아 흉측해지지 않기를 바라는 마음. 어쩌면 거기가 어기보단 따뜻할지도 모른다는 느슨한 믿음으로…… 그러니까 최소한의 고결함을 지키고 싶은 마음이겠죠. 그러나 그런 마음으로는 결국 음식물 쓰레기 같은 것만 버리게 되는 겁니다.

고결함은 버려지는 개들에게 있습니다. 나르키소스가 마주한 수면의 아름다움이 그의 얼굴에서 비롯한 것이 아니라, 호수의 고결함에서 비롯했던 것처럼요. 겨우내 인내했던 산책을 혼자서 이어 가며. 사료 대신 사냥과 쓰레기로 연명하면서요. 그렇게 개들은 무단 투기와 자유의지를 절대 헷갈리지 않게 되고, 봄에 버려진 강아지는 겨울을 달리는 들개가 됩니다.

그러나 정말 슬픈 것은 우리는 스스로 고결해질 수가 없다는 겁니다. 실수하고 후회하고. 그걸 반복하고요. 오늘은 3월 18일, 어머니의 생일이고 저는 끝내 축하하지 못했습니다. 다음 주에 야시장이라도 같이 나갈까, 물어봤어야 했는데 그러지 못했네요. 저는 또다시 창가에 앉아 들판을 봅니다. 이제 정말 봄인가 보네요. 개가 한 마리 늘었습니다.

(정민서)

마음이 담기기 좋은 집을

지어 주고 싶어서 글을 쓴다.

이야기가 여기 나타나고 싶도록

온 힘 다해서 자리를 만들 것이다.

이건 내가 하는 맹목적인 사랑이다.

쓰는 일이 여전히 좋다.

연말의 작은 선물처럼, 좋아하는 작가가 직접 지은 필명의 마지막 글자 '새벽 서'가 내 이름에 들어가는 글자와 같다는 사실을 알게 되었다. 제 이름에도 그 글자가 있어요. 반가운 마음에 말이 입안을 맴돌았는데 결국 전하지는 않았다. 까딱하면 잊을 수 있을 만큼 작은 눈송이만 한 비밀을 가지고 밤 속을 걸었다. 떠올려 보니 한 해 동안 이런 순간이 참 많았고 그 때문에 나는 내가 자주 답답했다.

말하지 않은 마음은 저절로 작은 비밀이 된다. 그게 다 어디로 갈까? 무심결에 흘날려 없어질까, 아니면 어딘가에 쌓일까. 나는 상상한다. 마음이 다 흘러서 겨울의 등 뒤에 쌓이는 풍경을. 겨울과 봄 사이에는 이름 없는 계절이 하나 더 있는 것 같다. 꺼내지 못한 말, 생겨난 작은 비밀, 그러지 말 걸 그랬다는 부끄러움. 더 해보고 싶었다는 안타까움. 존재한다는 것조차 모른 척했던 나에게 미움받은 마음. 그래서 겨울은 유독 길고, 매해 봄을 체감할 때마다 오랜 숙제를 마치는 기분이다.

나는 아주 가까운 사람들에게도 쉽게 내 마음을 말하지 못한다. 그런 점이 곁에 있는 사람들을 외롭게 만들까 봐 겁내면서도 여태 서툴다. 물론 함께 보낸 시간 동안 우러난 마음을 그들도 느꼈을 것이다. 슬퍼하고 있다는 것. 기뻐하고 있다는 것. 그렇지만 내가 어떤 일 때문에 괴로움이 있는지. 왜 무거운 얼굴을 하고 있는지. 다 알려줄 수는 없었다. 있는 그대로 표현할 길을 몰라서. 집으로 돌아가는 버스 안에서 '사랑하면 사랑한단 말 대신 차갑게 대하는 날 알지 않느냐'는 노래 가사를 떠올렸다. 사랑하는 사람을 외로움 속에 둘 수밖에 없을 정도로 곁이 차가운 사람을 생각했다. 그 자신도 추위 속에 있겠지.

네가 방금 한 그 말로 인해서 내가 몇 개월 동안 지고 있던 불안함이 조금 부서졌어. 보고 싶어. 사랑해. 사실 이런 일이 있어서 조금 지쳤어.

그래서 같이 있으면서도 속으로 우느라 네가 갑갑해하는 걸 못 봤어. 네가 조금씩 화가 난다는 걸 모르고. 혼자서 내 마음을 정리하면 상황이 다시 괜찮아질 거라고 믿었어. 표현할 방법을 몰라서 말을 안 했어. 이제는 미안하다고 말하고 싶다. 나를 좀 용서해 줘.

그런 말들. 놓아둘 자리를 찾지 못해서 전전긍긍했다. 끝내 아꼈다. 겨울 동안 곁에서 잠든 이의 찡그린 미간을 살살 풀어 주듯 그 앙금 같은 마음들을 매만졌다. 이것들은 왜 훌훌 날아가지 않고 여기에서 나를 기다리고 있었을까? 언 땅이 녹고, 봄이 오면 정말 이상한 결론에 도달하게 되기도 한다.

그건 아마도, 거기에 아름다움이 있었기 때문에.

봄이 어김없이 새순을 틔운다. 지난 추억들이 나를 여기까지 연속하게 만들어서 내가 이것들을 여전히 본다. 다 모른 척할 수 있다면 좋겠다고 생각했는데. 살고 싶지 않을 땐 잠깐 안 살고,

추워야 할 계절에 춥지 않기를 택하는 식으로. 아쉽지만 그럴 수는 없다. 요동치는 마음을 내가 줄곧 견디고 있었구나. 책임지지 못해서 벌을 받는 게 아니었다. 추운 날에는 추운 날답게 그대로 살면서 패딩 지퍼를 올리고 목도리를 둘둘 두르며 살 듯이. 사실은 나도 이름 없는 계절에 살아 내야 한 시간을 정직하게 살았을 뿐이라는 걸. 나의 묵은 마음이 거기 머물러 주기를 나 역시 바랐다.

애쓴 만큼 깊어지는 삶의 함량. 생각해 보면 너무 아름다운 계절은 반드시 지독하지 않은가. 그 시간을 마음껏 그리워하기가 벅차서 날려 보낸 순간들이 나에게 용기를 요구한다. 마음껏 그리워해 달라고. 말할 기회를 놓쳐서 더 아쉬워해 달라고. 이 마음이 무엇이었는지 깊이 이해하고 같이 봄을 맞이하러 가자고. 다시 해볼 수 있다. 기회는 다 과거에 있는 것 같아서 불안할 때도 상기하는 건, 과거에 있는 것이 미래에도 있다는 믿음이다. 멀리서부터 나의 희망이 오로지 나를 껴안으러 오고 있다는 걸 알아주는 시간을 더 많이 보내고 싶다. 내가 어떤 마음으로 봄을 기다렸는지 알고 있다. 이제 봄을 살러 가야지.

내가 오래 간직한 마음 그중 얼마쯤은 비로소 이 봄에 고백하게 될 것이다.

입춘은 한참 지났는데 봄은 티도 나지 않는다.

책을 읽다가 과거에는 강인하고 두려움 없는 주인공이 대세였다는 문장을 들여다보았다. 두려움은 한 존재를 구성하는 중요한 요소라는 말을. 두려움에서 벗어나고 싶은 사람들을 위해 이야기가 쓰였단 말도. 나도 두려운 게 많아서 글을 짓는다. 다만 두려움 없는 주인공보다는 볼품없이 줄줄 우는 주인공을 보고 싶다. 걔가 다 울 때까지 같이 있고 싶다. 정말 하기 싫은 일, 그러나 언젠간 해야 하는 일을 해내기 전까지 우는 이야기. 이 다음에 뭐가 있든 주인공이 일단 여기에 버티고 서길 원한다. 이것도 누군가에게 필요한 이야기가 될 수 있을까?

내가 삶에서 가장 중요하게 생각하는 건 무엇을 좋아하는지다. 어느 철학자는 자아에는 실체가 없으며 순간의 선택이 쌓여 그가 어떤 사람인지를 구성한다고 했다. 좋아하는 마음은 그저 품고 있는 것만으로도 내가 어떤 사람인지 느끼게 한다. 나는 매 순간 내 마음을 느껴야만 한다. 부정확해도 괜찮다. 그건 나에게 선명하기만 하면 된다. 내가 꾸는 꿈이 밤하늘에 뜬 별이 된다. 그것들은 환하고 가득 차 있고 올려다보는 순간 눈 속으로 쏟아지며 나를 채운다. 나는 지도 없이는 걸어도 길잡이별 없이는 못 걷는 모험가처럼 꿈을 좇는다.

누군가의 빛나는 발자취, 닮고 싶은 생각, 결핍, 흉터, 길고 긴 여정을 지속하는 동안 몇 번이고 냈던 용기, 사랑, 지독한 실패, 자리를 지키는 꿈. 지금도 좋아한다. 내 이야기에도 그런 좋은 것들이 등장했으면 좋겠다. 무엇으로 모험을 채워야 하는지 잘 안다. 길 끝에 찾던 것이 거기 없다고 해도 중요한 건 내가 어디 있는가, 어디로 향하고 싶은가. 그게 전부다. 그러니까 모험을 계속할 수 있다! 어느 순간엔 정말 그것만으로 충분하기도 했다.

그게 전부라고 생각하니 앞도 뒤도 별로 중

요하지 않게 되었다. 그래서 가장 먼저 과거를 잃어버렸다. 이제 나는 내가 떠나온 마음을 곧잘 잊는다. 분명히 아주 캄캄한 일이 있었는데 무슨 마음으로 지나갔는지 알 수 없어졌다. 혹은 그걸 왜 좋아했더라, 그 마음이 정말 거기 있었나. 싶을 때도 있다. 중요한 건 지금이고 이미 지나간 건 어쩔 수 없는 일이란 걸 아는데…….

그렇지만 자꾸 마주친다. 어느 순간 나이기도 했던 사람들. 나도 저런 상황일 때가 있었는데. 그걸 알면서도 남의 일이라고 거리를 두거나 유난스럽다고 여길 때가 있다. 과거로 넘어간 곤란과 두려움은 차츰 내 바깥으로 밀려난다. 어떤 마음이었는지가 도무지 기억이 안 나서 어리석은 짓을 했다고 스스로 타박하는 시절이 생기는 게 가장 안타깝다. 잠들지 못할 수밖에 없던 밤엔 명확한 논리가 붙지 않는다. 그건 다 마음이 한 일이니까. 왜 자꾸 흐려질까. 거쳐 온 곳으로 다시 돌아가 봐야만 알 수 있을 텐데 이미 지나간 과거를 현재 위에 올려둘 수 없다. 고고한 돌탑처럼 쌓인 시간 위에 내가 몰래 빼내서 쌓은 조각 하나쯤은 있어도 될 것 같은데. 아무리 올려도 데굴데굴 미끄러지는…… 그런 불가능을 향한 슬픔.

며칠 전에는 지금이 얼마나 아름다운지 보라는 내용의 노래를 듣는데 참 슬펐다. 그 노래는 오랫동안 나에게 응원가였다. 지금, 이 순간이 귀하며 앞으로 더 좋은 게 날 기다리고 있을 거라는. 그런 낙관이 좋지만, 끝없이 덮이고 밀리고 쫓겨날 모든 불가항력의 흐름이 그냥…… 지겹다. 지겹고 미워서 화가 났다. 더는 함께할 수 없는 인연이 생긴다는 걸 안다. 더는 계속할 수 없는 일은 놓아줘야 한다는 것도 안다. 그렇지만 내 마음이 어땠는지 내가 모르게 된다면 누가 나를 이해해 주지? 헤매 온 땅이 전부 부서져 등 뒤가 바로 절벽 같다. 마음이 내가 모르는 곳으로 떠났다는 사실에 화가 난다. 그건 원래 내 거였는데.

그런데도 앞으로 맞이할 무수한 순간은 너무 멋진 얼굴로 손을 뻗는다. 지금부터야, 더 멋진 걸 보게 될 거야. 그런 맑은 말을 하는 노래 앞에서 슝 떠오르고 마는 가벼운 내가 초라하게 느껴졌다. 나의 동력은 단 한 번도 여기 도착한 적 없고 앞으로도 도착하지 않을, 꿈꿔 온 미래, 유크로니아. 없는 걸 사랑해도 된다는 걸 안다. 그걸 다 알아서 더는 순박한 마음으로는 갈 수가 없다. 어떤 마음이든 결국 나를 떠난다. 무언가를 알면 무언가를 모르던 시간을 떠나보내야 한다. 그 오고 감 사이에 내가 매달려 있다. 적어도 무엇이 있다가 사라졌는지 기억하고 싶다. 그 마음만은 버리지 못해 쓴다. 닳고 닳아도 부서지지 않은 나는 영원히 그럴 수 있을 것처럼 지금의 손을 잡고 뛴다.

중학교 교정 한 가운데에는 금목서 나무가 있었다. 체육 시간에는 그 공간을 피구 경기장으로 이용하기도 했다. 경기를 구경할 때면 나는 화단에 앉아 금목서 향을 맡았다. 금목서 그거 샤넬 넘버 파이브 향기야. 기술 가정 선생님이 그 말을 하고 나서는 대부분 샤넬 향수라곤 맡아 본 적 없을 애들이 (그래서인지 더) 꽃을 자주 뜯어 갔다. 가져가서 뭐 하려고 콧구멍에라도 끼웠나. 훼손된 나무를 보면서 이 어리석은 중학생들이랑 같이 못 지내겠다고 안타까운 마음으로 원망했던, 그 역시 중학생에 불과했던 내가 떠오른다. 꽃이 다 뜯어졌는데도 금목서 나무는 여전히 향기로웠다.

그전까지는 꽃향기를 인상 깊게 느낀 적이 없었다. 나는 향에 민감한 편이 아니어서 지금도 대부분의 꽃향기는 그냥 덜 비린 풀냄새 같다. 꽃다발에 코를 박아야 좀 느껴지나 싶을 정도로 무디다. 교보문고 향수가 나왔을 때도 나는 '교보문

고에서 무슨 향이 나?' 하고 되물었다. 출시된 디퓨저를 직접 맡아 보고 나서야 그 공간에 향기가 여태 존재해 왔다는 걸 깨달았다.

최근에는 친구와 계절 냄새를 주제로 토론했다. 나는 계절 냄새란 말 그대로 정취 같은 건 줄 알았다. 정취의 취는 '냄새 취(臭)'가 아니라 '뜻 취(趣)'라고 한다. 사람들이 각 계절의 습도나 온도에 계절 이미지를 덧입혀 '계절 냄새'라 비유한 거라고 여겼다. 그런데 향에 민감한 친구는 그게 아니라 정말로 공기 중에 떠다니는 냄새는 하루하루가 다르며 특정 계절에 나는 냄새가 정확히 있다고 했다. 응……? 계절 향이 있다고? 비 오면 올라오는 흙 비린내나 찬바람 맞은 머리칼에서 나는 매캐한 향보다도 더 섬세한 거라고. 친구가 설명해 줬는데 나는 여전히 잘 모르겠다.

인지하기 전까지는 무언가가 거기 있다는 걸 아는 게 쉽지 않다. 느껴 보지 않은 감각은 상상조차 어렵다. 사람이든 공간이든 어떤 향이 나는지를 떠올리는 사람과 그렇지 않은 사람이 사는 세계는 얼마나 다를까. 내가 제대로 향을 맡아 보고 고심해서 고른 첫 바디 스프레이도 그 친구의 추천으로 산 거였다. 내가 분명히 감각하는 것 중에서도 다른 사람은 못 느끼는 게 있을 것이다. 그렇게 생각하면 사람마다 각자의 세계에서 산다는 걸 어렴풋이 상상할 수 있을 듯하다. 계절 냄새를 말로만 설명하는 데엔 한계가 있는 것처럼 사람들은 서로에게 도저히 보여 줄 수 없는 영역을 품고 살겠지. 완전히 겹칠 수 없는 각양각색의 세계. 끝끝내 느껴 보지 못하고 지나칠 것들이, 혹은 더 발견할 수 있는 것들이 세상에 얼마나 무수히 남아 있을까?

그럼에도 감각의 영역은 시시각각 변한다. 향기에 대해 생각하다가 아주 잃어버린 줄 알았던 기억이 예고 없이 나타났는데. 나도 초등학생쯤 옆자리 친구에게 나는 향을 언급한 기억이 있었다. 너한테는 네 냄새가 나. 그냥 너같이 좋아. 아주 잊고 지냈지만, 분명히 내가 그런 말을 했다. 그 애의 냄새는 이름처럼 자연스럽게 그 애에게 붙어 있단 걸 내가 알았던 적 있다.

친구는 정말 마음에 드는 향수 하나를 정해 이삼십 년씩 쓰는 게 꿈이라고 했다. 아, 이 지독한 낭만에 웃음이 나. 어떤 걸 고를까, 정말이지 궁금해졌다. 잘 어울리는 향을 찾는 데에 성공할 것 같아서. 향수 하나를 오래 쓰면 그 사람을 발견하기 전에 향기로 알아챌 수 있다던데. 그런 거 참 재미있겠다. 계절이 계절의 냄새를 갖는 것처럼, 사람도 자기만의 향을 입는 거. 적어도 친구와 내 세계 안에서는 오로지 걔의 것으로 존재하게 될 향을 상상했다. 그게 뭐든 너는 찾을 수 있을 거야. 완전히 네 것인 향기.

취향이라는 건 재밌는 거니까 내게도 향에 관한 구체적인 감각이 열리면 좋겠다. 완전히 잊은 줄로만 알았던 기억이 불쑥 끼어든 것처럼. 삶은 언제나 모르는 쪽에서 아는 쪽으로 흐른다고 믿기 쉽지만, 늘 그렇지는 않다. 계속 보고 있던 풍경에서 새로 발견한 세계의 일면을 짚어 내는 능력을 얻었다가, 다시 잃는 일. 설명할 수 없다고

믿은 일을 설명하는 데 성공하고, 오랜 친구가 가
진 내가 여전히 모르는 면을 상상하는 일. 고정된
의미가 흐려지고 이리저리 치우치는 감각으로 해
상도 높아질 세계를 기대하게 되었다.

(최다운)

동짓날에 태어나

모든 날이 겨울 같다고 생각하며 삽니다.

그러나 봄을 기다리는 마음으로.

지금도 겨울에 살면서 봄의 안부를 묻습니다.

늘 그랬듯 고백하지 못한 사랑이 더 많으니까요.

 | **겨울의 해는 수줍음이 많고
우리의 봄은 당차다**

할머니가 드디어 퇴원했다. 입원한 지 3주
만에 집으로 돌아오는 날이었다. 전날부터 우리
가족은 부산스러웠다. 나는 병실에 계신 다른 환
자분들 것과 간호사분들 몫의 빵을 샀다. 그리고
방 한쪽에 고이 두었던 상자를 열어 바닥에 엎었
다. 알록달록한 봉지 레고들이었다. 일하면서 얻
었던 사은품들을 겨울나기를 준비하는 청설모처
럼 모아 두었다. 그리고 드디어 개봉했다. 청설모
와 다른 점이 있다면, 겨울을 마칠 준비를 하는
것이었다.

사 온 빵과 레고를 방바닥에 널브러뜨리고
열심히 고민해 나누었다. 이거는 옆 침대 쾌활한
아주머니 거, 이거는 앞이랑 대각선의 친절했던
아주머니 거 하면서 말이다. 어느 순간 양손 한가
득 담긴 것들을 바라보며 지난 몇 주간의 일들을
되짚었다.

빙판길에서 넘어져 척추를 다친 할머니는 열심히 나아갔다. 맨 처음엔 양옆으로 몸을 굴리는 것도 힘들어했다. 그마저도 침대의 펜스를 두 손으로 꼭 쥐고서야 겨우 성공했으며 얼마 가지 않아 도로 정면을 보고 누워야 했다. 할머니가 마음을 먹고 "나, 옆으로 돌아야겠어"라고 할 때마다 나도 두 손을 꼭 쥐고 바라봤다. 보조기를 찬 할머니의 몸을 보며 기도하듯 응원하는 수밖에 없었다. 어느 정도 앉아서도 식사가 가능할 때쯤엔 이동식 수액 거치대를 잡고 한 걸음 한 걸음 발을 디뎠다. 병실에서 병원 복도로, 몇 걸음에서 몇 바퀴로 동선을 늘려갔다. 할머니는 몇 주 만에 병실을 나와서야 깨달았다. 내가 이런 곳에 있었느냐고. 종일 누워 있거나 잠드는 바람에 몸뿐만이 아니라 정신까지도 어린아이가 되었던 기간이 있었다.

목소리부터 우렁찼던 할머니는 입원하고 얼마 안 있어 숨소리처럼 작은 목소리로 중얼거렸다. 돌아가신 할아버지가 다시 왔다고 하거나 여기가 교회 아니냐고 몇 번이고 물었다. 교회에서

잔치국수와 옥수수를 많이 해서 먹으러 다녀왔다고도. 그럴 때마다 나는 계속해서 현실을 직시해 주어야 했다. 이곳은 할머니가 다쳐서 온 병원 병실이라고, 제대로 일어설 수도 없는 사람이 어떻게 교회에 있느냐고. 지금은 아니니까 조금만 더 있다가 집에 가자고 말했다. 할머니의 따뜻한 손을 잡고 차근차근 귓가에 속삭였다. 잠깐 시선을 떼면 사라져 버릴까 봐 눈을 꼭 맞추어 얘기했다. 그러면 할머니는 그렇냐며 놀라곤 했다. 동그란 눈을 끔뻑거리면서.

이른 아침 병실에 와 햇빛을 받으며 곤히 잠든 할머니를 보곤 했다. 묶인 손을 풀어 주고 물컵에 물을 따랐으며 몸을 흔들어 잠에서 깨웠다. 이제 일어나야 할 시간이라고. 할머니는 벌써 왔느냐며 환한 미소로 반겼다.

재활 치료까지 무리 없이 받게 된 이후에 할머니의 퇴원을 결정했다. 다행히 함께 설 명절을 지낼 수 있게 되었다. 몸 뒤집기를 마치고 두 발로 몸의 무게를 지탱하고 또 거치대 없이 걸음마를

막 시작한 할머니의 손을 잡아 줄 수 있었다. 이미 한 번 놓친 적 있는 처음의 장면을 내 눈으로 보았다. 다시 그녀의 팔에 팔짱을 끼워 넣을 수 있어서. 나와 같은 시간을 살아가는 할머니와 대화를 나눌 수 있어서. 봄에는 또 계양천에 활짝 핀 벚꽃을 보러 가자고 약속할 수 있어서.

겨울은 이미 끝나간다. 벌써 산뜻한 바람이 불기 시작했다. 그날의 약한 해와 차가웠던 길은 용서하기로 했다. 택시 타고 내려가라는 말을 전하지 못했던 나 자신도. 우리는 뭉친 눈밭을 뚫고 자라난 푸른빛의 봄동처럼 낮은 곳에서 다시 일어나 천천히 성장하는 중이니까. 한번 깨졌다가 붙은 것들은 깨질 줄도, 다시 붙을 줄도 알기에 힘이 세기 마련이니까.

진짜 진짜 제주의 밤은 이제 안녕이다. 내일이면 아침은 볼 수 있지만.

캐리어를 열어 더 많아진 짐을 억지로나마 욱여넣고 내일 비행기 타기 전 미리 부치는 상상을 몇 번이고 한다. 상상은 늘 완벽하다.

어제부터 무시무시한 바람이 불기 시작하더니 오늘이 절정이었다. 덕분에 과즐만 겨우 사서 다시 숙소로 돌아와 피신했다. 제주 이놈 자식…… 나 간다고 슬퍼하는 티를 이렇게까지 내도 되는 건지. 걱정하지 말기를. 날 좋을 때 다시 슬금슬금 기어들어 와 놀고 또 논 다음 퍼지게 놀아 줄 거니까.

서귀포의 저녁 풍경은 오늘에서야 처음 봤다. 애월보다 주변이 더 휑해서 그런지 나가 볼 엄두가 안 나는 지난날이었는데 마지막이니만큼 용기를 냈다. 아주 커다란 보상을 얻었다. 연보랏빛 하늘과 잔상 같은 빛을 받은 벚나무의 향연이 무척 아름다워서 낮에 바람 맞은 건 기억에서 지워 버렸다. 기분이 좋아져 숨이 차 헉헉댈 때까지 뛰어 보기도 하고 카메라를 들어 이리저리 찍었던 곳을 몇 번이고 더 담았다.

숙소로 돌아와 밥을 해 먹고 침대에 누워 집에 돌아가 가족들을 맞는 상상만 했다. 할머니표 밥을 먹고, 운동 다녀와서 내 방 침대에 아주 편안하게 눕는 그런 일상들. 제주는 나의 정착 지점이 아니니까. 언제든 떠날 수 있고 결국엔 떠나야 하는 곳이니까.

물론 그리울 테다. 나의 애월 그리고 서귀포와 곽지, 애월봉이. 문득 고개를 들었을 때 '설마 저거 바다야?'라는 물음에 모든 답이 바다였던 곳. 목적지로 향하는 버스정류장에서 앉아 혹은 기대어 초봄, 늦겨울의 풀어진 햇살을 받던 나날들. 길이 아닌 곳이 없었던 모든 길들. 올해 처음 맞이하는 봄이었다. 그 속에서 제주는 살아 있지 않은 적이 없었다. 그리고 그 안에서 자유로워하고 싶어 발버둥 치던 나까지. 우리 모두 숨 쉬며 살아 있느라고 고생했네. 여행이 항상 완벽하고 안전하며 경이로울 수 없기에 마음을 조금 내려 놓는 법을 배웠다. 내가 할 수 있는 것만, 하고 싶은 것만 하도록. 게으른 여행자여도 괜찮다고 다독였다.

한 달의 시간 동안 그걸 배운 듯하다. 같은 거리를 종일 배회하더라도, 일찍 숙소로 돌아와 쉼을 청하더라도 여행의 시간이었음을. 귀하고 소중한 숨의 순간들이었음을. 그리고 사람들에게. 어딜 가나 웃으며 맞이해 주신 사장님들은 한낮 같은 한라봉을 쥐여 주었고 여행 왔냐며 말 걸어 주던 사람들에게서는 괜찮다는 말을 참 많이도 들을 수 있었다. 나는 연신 꾸벅이며 하던 죄송하다는 말보다 진심 어린 감사의 말을 허리 굽혀 전할 수 있었다. 참 기뻤다. 서두르지 않고 전하던 마음들, 꾹꾹 눌러 담는 바람에 넘쳐나도 문제 될 것 없던 진심들.

한동안 바닷가에 앉아 떠났다가 돌아오고 다시 또 떠나는 물결만 구경했다. 그동안 간절하게 바라 온 게 무엇이었는지를 알았다. 표정 푸는 연습. 웃음이 나올 땐 웃기. 웃고 싶지 않을 땐 웃지 않기. 단지 그런 것들이었다.

24살 터울의 막냇동생이 생겼다. 그것도 둘씩이나. 13살 어린 동생이 마지막의 마지막 가족인 줄 알았는데. 그보다 더 어리고 약하고 작은 아이들이 우리 집으로 오게 되었다. 각각 연천과 파주에서 온 4개월, 2개월 된 강아지다.

아빠로부터 전화가 한 통 걸려 왔다. 강아지 데리러 가자. 빨리 데리고 와야 한대. 이른 퇴근을 하고 여유롭게 점심을 먹고 있다가 받은 통보였다. 강화 집에 데려다 놓을 강아지를 찾는 중이긴 했으나 이렇게 만나게 될 줄은 몰랐다. 서둘러 담아 올 박스와 안 쓰는 담요를 바리바리 싸 들고 나왔다. 그리고 마트로 뛰어 들어가 사료와 배변 패드를 사서 아빠를 기다렸다. 모든 게 꿈만 같았다. 절차가 이래도 되는 게 맞나 싶었으나 마음속 한구석에서 설렘과 기대가 영그는 중이었다. 생애 첫 반려견이었다.

유기견 보호소로 가는 내내 미리 프린트해

온 후보 강아지 두 마리의 얼굴을 보고 또 보았다. 직접 보고 둘 중에 한 마리를 골라서 데리고 오는 거로. 번갈아 가면서 둘의 눈을 바라보았다. 사진 속 두 아이도 나를 뚫어져라 쳐다보고 있었다. 다름 아닌 내가 이 둘 중 한 마리의 운명을 뒤흔들 존재라니. 괜스레 불편한 마음이 들어 숨을 깊게 들이마셨다가 내쉬었다. 창밖은 금방이라도 비가 내릴 것처럼 습하고 흐렸다.

우리는 도착해 강아지들을 기다리는 동안 여러 서류를 작성하고 뒤늦게 입양 시 주의 사항이 담긴 동영상을 보며 공부했다. 알아야 할 것도, 갖춰 두어야 할 것도 많아서 눈이 핑 돌았다. 나는 너무 무식하고 이른 보호자였다. 서둘러 반려견용 샴푸와 이동용 케이지를 찾아봤다. 무슨 종류가 이렇게나 많은지. 새로운 생명을 들이는 건 모든 공간에 그 아이를 위한 마음을 준비해야 하는 일인 듯했다. 더운 날씨인데도 몸이 찼다. 두 손을 마주 잡고 첫 만남을 기다렸다.

가장 먼저 얼굴을 본 아이는 누런빛 털을 가

진 4개월 강아지였다. 직원 품에 안겨 올 때부터 정신이 없을 정도로 활발하고 사람을 좋아하는 성격이었다. 제자리에서 펄쩍펄쩍 뛰고 꼬리를 세차게 흔들며 우리를 반겼다. 눈이 순하고 예뻤다. 아빠는 눈 좀 보자며 안아 들어 올려 오랫동안 눈을 맞췄다. 아이는 그 와중에도 꼬리 흔드는 일을 멈추지 않았다.

뒤이어 들어온 아이는 2개월 된 정말 작은 새끼였다. 한 손에 다 들어오는 몸체를, 있는 힘을 다해 벌벌 떨고 있었다. 가만히 품에 안겨 고개도 돌리지 않고 열심히 떨었다. 금방이라도 울 것 같은 눈망울을 가진 아이를 동생과 번갈아 안으며 다독였다.

어떻게 하겠느냐는 직원의 물음에, 아빠는 조금의 망설임도 없이 둘 다 데리고 가겠다고 했다. 누구의 이의도 없는 결정이었다. 이미 우리 품에 들어온 이상 가족이 된 거나 다름없었으니까. 생명을 고른다는 건 있을 수 없는 일이란 걸 깨달았다. 우리가 눈을 마주한 이후로 다시 떨어질 수는 없겠다고 생각했다. 날벼락 같았다. 벼락이 떨어진 자리에 새싹이 피어올랐다.

집으로 오는 차 안에서 작은 아이는 긴장을 늦추지 않은 채 가만히 앉아서 세상을 구경했다. 엎드리지도, 졸지도 않고 두 눈을 쉴 새 없이 굴렸다. 조심스레 손을 내어 쓰다듬었다. 우리는 동시에 떨었다. 그러나 두려움은 없었다. 속으로 열심히 말을 걸었다. 서로의 언어를 모르고 이해할 수 없으므로 이렇게나마 마음을 전했다. 너도 나에게로 마음을 열어 두어서 지금 하는 말들이 들리기를. 부디 마음에 들어 하기를 바라며, 가족이 된 걸 좋아하기를 바라며. 함께 잘 살아 보자고, 차근차근 서로를 알아가 보자고. 그렇게 말이 통하지 않아도 충분한 사이가 되기를. 고개를 들어 본 창밖엔 어느새 해가 나와 눈부시게 쏟아지고 있었다.

(이름을 지었다. 4개월 아기는 털빛 그대로 인절미에서 따온 절미가 되었다. —후에 아빠가 절세 미녀의 줄임말이라는 첨언을 덧붙였다— 2개월 아기의 이

름은 시간이 더 걸렸다. 작고 짧은 다리로 온 집안을 헤
집는 아이를 보다가 온누리라는 단어에서 따와 누리가
되었다)

좋은 것들은 이토록 시시콜콜

초판 인쇄 2026년 3월 9일

지은이 이소호 외
펴낸곳 타이피스트
펴낸이 박은정
책임 편집 이현호
디자인 노유진
출판등록 제2022-000083호
전자우편 typistpress22@gmail.com
ISBN 979-11-993653-9-1